ESTE DIÁRIO PERTENCE A:

Nikki J. Maxwell

PARTICULAR E CONFIDENCIAL

Se encontrá-lo perdido, por favor devolva
para MIM em troca de uma RECOMPENSA!

(PROIBIDO BISBILHOTAR!! ☹)

Para minha mãe, Doris,
por SEMPRE estar ao meu lado

Rachel Renée Russell

DIÁRIO
de uma garota nada popular

Histórias de uma baladeira nem um **POUCO** glamourosa

Tradução
Antônio Xerxenesky
Ilustrações: Lisa Vega

26ª edição
Rio de Janeiro-RJ / São Paulo-SP, 2025

VERUS
EDITORA

TÍTULO ORIGINAL: Dork Diaries: Tales from a Not-So-Popular Party Girl
EDITORA: Raissa Castro
COORDENADORA EDITORIAL: Ana Paula Gomes
COPIDESQUE: Anna Carolina G. de Souza
REVISÃO: Ana Paula Gomes
DIAGRAMAÇÃO: André S. Tavares da Silva
CAPA, PROJETO GRÁFICO E ILUSTRAÇÕES: Lisa Vega

Copyright © Rachel Reneé Russell, 2010
Tradução © Verus Editora, 2011
ISBN 978-85-7686-140-9
Todos os direitos reservados, no Brasil, por Verus Editora.

Nenhuma parte desta obra pode ser reproduzida ou transmitida por qualquer forma e/ou quaisquer meios (eletrônico ou mecânico, incluindo fotocópia e gravação) ou arquivada em qualquer sistema ou banco de dados sem permissão escrita da editora.

VERUS EDITORA LTDA. Rua Argentina, 171, São Cristóvão, Rio de Janeiro/RJ, 20921-380 www.veruseditora.com.br

CIP-BRASIL. CATALOGAÇÃO NA FONTE
SINDICATO NACIONAL DOS EDITORES DE LIVROS, RJ

R925d
v.2
Russell, Rachel Renée

Diário de uma garota nada popular : histórias de uma baladeira nem um pouco glamourosa / Rachel Renée Russell ; tradução Antônio Xerxenesky. — 26ª ed. — Rio de Janeiro, RJ : Verus, 2025.

il. ; 21 cm

Tradução de: Dork Diaries : Tales from a Not-So-Popular Party Girl
ISBN 978-85-7686-140-9

1. Literatura infantojuvenil americana. I. Xerxenesky, Antônio. II. Título.

11-4941
CDD: 028.5
CDU: 087.5

Revisado conforme o novo acordo ortográfico.
IMPRESSÃO E ACABAMENTO: Santa Marta

AGRADECIMENTOS

A todos os fãs maravilhosos de *Diário de uma garota nada popular*, um muito obrigada especial por acolherem esta série de forma tão calorosa e carinhosa. Lembrem-se sempre de deixar seu lado nada popular brilhar ☺!

Liesa Abrams, minha fabulosa editora, muito obrigada pela energia e pelo entusiasmo inesgotáveis que você dedicou a esta série. Estou MUITO feliz por estar nesta jornada incrível com você e com a garota de 13 anos que você carrega dentro de si!

Lisa Vega, minha superdedicada editora de arte, muito obrigada pelo trabalho duro e pelo talento criativo. Sobretudo naquelas longas madrugadas, quando o zelador apagava todas as luzes.

Mara Anastas, Bethany Buck, Bess Braswell, Paul Crichton e o restante da minha equipe fantástica na Aladdin/Simon & Schuster, muito obrigada por acreditarem em *Diário de uma garota nada popular*.

Daniel Lazar, meu extraordinário agente da Writers House, muito obrigada por ser tudo que você é: agente, amigo, conselheiro, treinador, torcedor e até terapeuta. Você me ajudou a realizar meus maiores sonhos. E um agradecimento especial também a Stephen Barr, por enviar aqueles e-mails malucos que me fizeram rir até chorar.

Maja Nikolic, Cecilia de la Campa e Angharad Kowal, meus agentes de direitos internacionais da Writers House, muito obrigada por ajudarem o *Diário* a ser lido em outros países.

Nikki Russell, minha filha e assistente artística supertalentosa, muito obrigada por todo o trabalho duro neste projeto. Eu não conseguiria ter feito nada disso sem sua ajuda, e é impossível dizer como sou grata por isso. Tenho MUITA sorte de ser sua mãe!

Sydney James, Cori James, Ariana Robinson e Mikayla Robinson, minhas sobrinhas pré-adolescentes, muito obrigada por serem minhas parceiras e críticas brutalmente honestas, que, sabe-se lá como, conhecem o que é tendência antes de todo mundo.

SEXTA-FEIRA, 11 DE OUTUBRO

Não acredito que isso está acontecendo comigo!

Estou SURTANDO no banheiro feminino!!

Não há a MENOR CHANCE de eu sobreviver ao ensino fundamental.

Acabei de passar a maior VERGONHA na frente do menino por quem sou secretamente apaixonada. DE NOVO ☹!!

E, como se isso não fosse suficiente, eu ainda sou vizinha de armário da MacKenzie Hollister ☹!

Que, por sinal, é a garota mais popular do colégio Westchester Country Day e uma verdadeira METIDA. Chamá-la de "garota malvada" seria um elogio.

Ela é um TUBARÃO ASSASSINO de unhas pintadas, calça de marca e salto plataforma.

Mas, por algum motivo, todo mundo a ADORA.

Eu e a MacKenzie NÃO nos damos bem. Deve ser porque ela nutre um

ÓDIO MORTAL POR MIM ☹!!

Ela está sempre fofocando e falando supermal de mim pelas costas, tipo, dizendo que eu não tenho nenhuma noção de moda e que até o mascote do colégio, o Lagarto Larry, usa roupas mais bonitas que as minhas.

O que até pode ser verdade. Mas E DAÍ?!

Eu NÃO gosto que essa garota fique TAGARELANDO sobre a minha vida pessoal.

Hoje de manhã ela estava ainda mais nojenta que de costume.

NÃO DAVA para acreditar que ela tinha me dito aquilo!

Tipo, desde quando uma COR tem que combinar com um SABOR?! DÃ!! São duas, humm... COISAS completamente DIFERENTES!

Foi quando me descontrolei e gritei: "Desculpe, MacKenzie! Mas eu estou REALMENTE ocupada agora. Posso IGNORAR você outra hora?"

Mas isso tudo eu disse dentro da minha cabeça, então só eu mesma escutei.

E, como se isso tudo não fosse TORTURA suficiente, a festa anual de Halloween do colégio é daqui a três semanas!

É o evento mais importante do semestre, e todo mundo já está fofocando sobre quem vai com quem.

Eu acho que MORRERIA se minha paixão secreta,

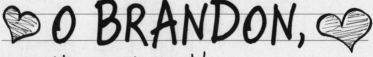

O BRANDON,

me convidasse para ir com ele!

Ontem ele chegou a ME convidar para ser sua dupla de laboratório durante a aula de biologia!

Fiquei TÃO empolgada que fiz minha "dancinha feliz do Snoopy".

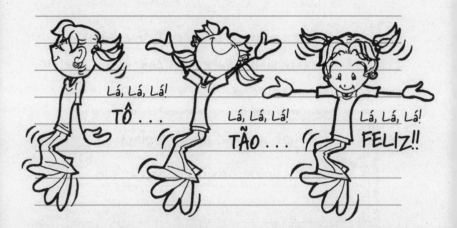

E hoje eu estava desconfiada de que o Brandon iria "pedir a minha mão" para a festa de Halloween.

Parecia que as aulas iam durar PARA SEMPRE.

Quando cheguei à aula de biologia, estava supernervosa.

De repente, uma dúvida muito complicada surgiu na minha cabeça e comecei a entrar em pânico: E se o

Brandon me visse apenas como uma dupla de laboratório e nada mais?!

Foi aí que decidi que tentaria impressioná-lo com meu charme, inteligência e conhecimento.

Abri um enorme sorriso e comecei a desenhar uns trequinhos pequenininhos parecidos com fiapos que eu enxergava no microscópio.

Com o canto do olho, eu conseguia ver o Brandon olhando para mim perplexo e ansioso.

Era óbvio que ele queria falar comigo sobre algo SUPERsério... ☺!

Aqueles trequinhos no microscópio ERAM mesmo só FIAPOS! MEU DEUS!! Fiquei TÃO ENVERGONHADA!!

Eu sabia que, naquele momento, tinha acabado com qualquer chance de o Brandon me convidar para a festa.

Mas a boa notícia era que eu tinha acabado de fazer uma espantosa descoberta científica a respeito da biogenética da minha inteligência. Até cheguei a criar uma fórmula para explicá-la:

MEU QI ≤

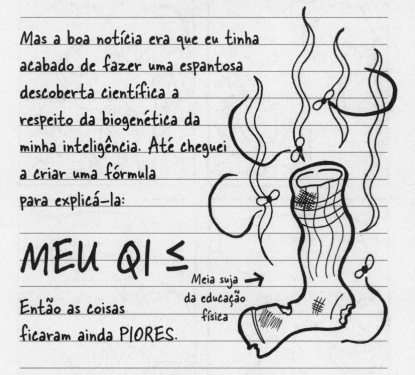

Meia suja da educação física →

Então as coisas ficaram ainda PIORES.

Eu estava no banheiro feminino quando, sem querer, ouvi a MacKenzie se gabando para suas amigas de que havia 99,9% de chances de o Brandon e ela irem juntos à festa, fantasiados de Edward e Bella, do *Crepúsculo*.

Fiquei MUITO chateada, mas nem um pouco surpresa. Tipo, POR QUE o Brandon convidaria uma TONTA como EU para ir à festa quando podia ir com alguma das GDPs (garotas descoladas e populares), como a MacKenzie?

E tem mais! Quando elas estavam saindo do banheiro, a MacKenzie deu uma risadinha e disse que compraria um gloss novo SÓ para usar com o Brandon. Eu sabia o que AQUILO queria dizer.

Fiquei TÃO decepcionada e furiosa comigo mesma.

Esperei até o banheiro ficar vazio e então GRITEI bem alto.

O que, por alguma razão, sempre me faz sentir melhor ☺.

O colégio pode ser TRAUMATIZANTE, disso eu tenho certeza!!

Mas a coisa mais importante a se lembrar é: Mantenha sempre a CALMA e tente lidar com seus problemas pessoais SOZINHA e de forma MADURA.

EU, PARTICIPANDO SOZINHA DE UM FESTIVAL DE GRITOS!

SÁBADO, 12 DE OUTUBRO

Hoje foi o MELHOR dia de TODOS!

Ainda não consigo acreditar que ganhei o prêmio de quinhentos dólares pelo primeiro lugar no concurso de artes do colégio ☺!

Na semana passada, sem me dizer nada, a Chloe, a Zoey e o Brandon inscreveram no concurso algumas fotografias das tatuagens que eu fiz no pessoal aqui da escola.

Então eu surtei completamente quando descobri que tinha vencido! Quem diria que eu poderia superar os looks incríveis que a MacKenzie desenhou?

E, cara, ela ficou furiosa! Principalmente depois de ter se exibido para todo mundo dizendo por aí que ganharia o concurso.

Mal posso esperar para pôr as mãos nessa grana toda. Meu plano inicial era usar o dinheiro para comprar um celular novo. Mas achei melhor economizar e investir num curso de artes durante o verão.

Estou investindo no meu sonho de me tornar artista, porque assim poderei passar o dia todo embaixo das cobertas, vestindo meu pijama favorito, desenhando no meu caderno, e ainda por cima ser paga por isso. DEMAIS ☺!

Por outro lado, seria legal usar o dinheiro para dar uma incrementada no meu armário completamente caído.

Alguns toques a mais de classe poderiam me ajudar a entrar para a panelinha das GDPs.

iPod com caixas de som

TV colorida com computador embutido

aparelho de DVD

CAIXA ELETRÔNICO

caixa eletrônico pessoal

EU, → apresentando meu armário incrível!

De qualquer forma, praticamente o colégio todo estava hoje no jantar de premiação do concurso de artes.

Fiquei chocada quando a MacKenzie chegou e me deu um abraço apertado.

Acho que ela só fez isso para passar uma boa impressão, porque o que ela me disse não demonstrou o menor espírito esportivo.

"Nikki! Parabéns pelo primeiro lugar, querida! Se eu soubesse que os jurados do concurso queriam um lixo sem talento nenhum, teria juntado um pouco de vômito do meu poodle e inscrito como obra de arte abstrata."

MEU DEUS! Não dava para acreditar que ela estava dizendo aquilo bem na minha cara.

Ela podia simplesmente ter escrito

"ESTOU MORRENDO DE INVEJA!!"
na testa com caneta preta. Assim, ficaria um pouco MENOS óbvio.

E eu, tipo: "Obrigada, MacKenzie. Você parece um BEBEZÃO. Chore um rio por mim, faça uma ponte para você e SIGA ADIANTE!"

Mas isso tudo eu disse dentro da minha cabeça, então só eu mesma escutei. Principalmente porque eu sou muito legal e não gosto de atrair energias negativas.

Não que eu me sentisse intimidada por ela, ou algo assim.

A Chloe e a Zoey sentaram do meu lado durante o jantar.

E, como sempre, nós estávamos sendo superbobinhas e tendo ataques aleatórios de riso.

Quando o Brandon chegou para tirar uma foto minha para o jornal do colégio e para o anuário, eu achei que ia MORRER!

Ele sugeriu que fôssemos até o outro lado do salão, onde a luz era melhor.

No começo, fiquei feliz que a Chloe e a Zoey quiseram ir também, porque eu estava supernervosa.

Mas, durante o tempo todo que ele passou tirando fotos, elas ficaram atrás dele me mandando beijinhos e fazendo cara de apaixonadas.

MEU DEUS! Aquilo me deixou TÃO ENVERGONHADA!!

Fiquei tão irritada que me deu vontade de agarrar as duas pelo pescoço e apertar até a cabeça delas explodir.

Mas, em vez disso, só rangi os dentes e rezei para que o Brandon não percebesse as palhaçadas atrás dele.

A Chloe e a Zoey são ótimas amigas, mas às vezes me sinto mais a babá do que a melhor amiga delas.

Para minha sorte, quando elas souberam que a sobremesa seria servida, as duas saíram correndo para comer mais um pouco.

O que significa que eu fiquei sozinha com o Brandon!

Só que foi um pouco constrangedor, porque, em vez de conversar, nós ficamos olhando um para o outro e depois para o chão, e depois um para o outro e depois para o chão, e depois um para o outro e depois para o chão.

E parecia que íamos ficar nisso, sei lá, PARA SEMPRE!!

Então FINALMENTE ele tirou o cabelo da frente dos olhos e sorriu para mim, tipo, um pouco envergonhado. "Eu disse que você ia ganhar. Parabéns!"

Olhei no fundo dos olhos dele e meu coração começou a bater tão forte que eu sentia os dedos do pé pulsando no mesmo ritmo. Tipo quando você está perto de um carro com os vidros fechados em que a sua música favorita está bombando no máximo volume. E, apesar de você não ouvir a melodia direito, sente no fundo da alma a vibração do baixo fazendo *Tuntz-tuntz!! Tuntz-tuntz!!*

Senti um frio no estômago, como se ele estivesse sendo atacado por um bando... furioso... porém frágil... de borboletas.

Imediatamente percebi que estava tendo uma recaída na minha SMR (Síndrome da Montanha-Russa).

Fechei a boca e reuni todas as minhas forças para não sair por aí gritando: ÉÉÉÉÉÉÉÉÉÉÉÉÉÉÉÉÉÉ!! Foi difícil me segurar.

Mas, em vez de fazer isso, resmunguei algo muito, muito pior.

"Muito obrigada, Brandon. Humm... você já experimentou aqueles salgadinhos sabor churrasco? São deliciosos!"

"Você disse... salgadinhos?"

"É. Estão ali na mesa, perto da bebida. Também tem nos sabores mel e pimenta. Mas os de churrasco são meus favoritos."

"Ãã... na verdade, não! Ainda não experimentei."

"Bem, você deveria..."

"Então, eu... ãã... queria perguntar uma coisa..."

"Sobre os salgadinhos?"

A cara do Brandon ficou muito séria.

"Não. Na verdade, eu queria saber se... você..."

Eu estava prendendo a respiração e prestando atenção em cada palavra que ele dizia.

"... tipo, seria muito legal se você..."

"BRANDON!! Você está aí!! MEU DEUS DO CÉU!! Procurei você por toda parte!"

A MacKenzie invadiu o salão e correu até o Brandon como se fosse um atacante da seleção numa final de Copa do Mundo.

"Como fotógrafo oficial do colégio, você precisa muito tirar uma foto minha com os meus looks da Super-10--Colada. Eles já estão quase sendo tirados da exposição!"

Daí ela ficou parada ali, sorrindo para o Brandon com cara de CACHORRO SEM DONO e enrolando o cabelo com a ponta do dedo.

O que, obviamente, era uma tentativa DESESPERADA de HIPNOTIZÁ-LO para que ele atendesse a seu pedido DIABÓLICO.

"Brandon, por favor, vamos logo! Antes que seja tarde demais!", ela choramingou, enquanto me olhava com cara de nojo, como se eu fosse uma espinha gigante que tivesse acabado de aparecer na ponta do nariz dela, ou alguma coisa assim.

O Brandon revirou os olhos, suspirou e sorriu para mim de um jeito bem pateta, mas fofo.

"Então... a gente se fala mais tarde, Nikki. Pode ser?"

"Claro. A gente se vê por aí."

Enquanto eu voltava até o jantar de premiação, me senti zonza e um pouco enjoada.

Mas de um jeito muito BOM!

Mais do que qualquer coisa, agora eu estava morrendo de curiosidade.

O Brandon ia me perguntar alguma coisa superimportante quando a MacKenzie nos interrompeu de um jeito bem mal-educado.

O que me deixou pensando numa coisa muito óbvia e inegável:

POR QUE EU SOU TÃO IDIOTA?!!

Salgadinho?! NÃO DAVA para acreditar que fiquei tagarelando sobre sabores deliciosos de salgadinho!

Não foi à toa que ele não me convidou para ir à festa.

Pelo menos minha foto ficou boa.

O Brandon é um EXCELENTE fotógrafo!

DOMINGO, 13 DE OUTUBRO

Nesse momento estou de PÉSSIMO humor! Não tenho a menor vontade de ir ao colégio amanhã.

Se eu ouvir mais alguma garota mencionando aquela festa babaca, eu vou GRITAR!! Continuo na esperança de que alguém vai me convidar, mas sei que isso NÃO VAI acontecer.

Eu precisava de uma poção MÁGICA do amor, ou alguma coisa assim!

Poção do amor infalível da Nikki Maxwell! →

Certamente eu a usaria com o Brandon, porque esse seria o ÚNICO jeito de ele convidar uma FRACASSADA como eu para a festa.

Então, eu dividiria a poção com todas as outras garotas do mundo que sofrem do mesmo problema.

Uma única borrifada e o seu paquera vai se apaixonar perdidamente pela primeira pessoa que vir pela frente!

POÇÃO DO AMOR INFALÍVEL! AGORA TODA GAROTA PODE VIVER FELIZ PARA SEMPRE COM O GAROTO DOS SEUS SONHOS!

Ou talvez... NÃO!!

"UAU!! SRA. HOOPER! ESSA REDINHA DE CABELO É TIPO... IRADA! E EU TÔ CURTINDO MUITO ESSAS ALMÔNDEGAS QUE A SENHORA COZINHOU...!"

Tá bom. Talvez essa minha ideia de poção do amor seja um pouco IDIOTA!!

Sou um CASO PERDIDO!! !!

Esta noite, minha mãe e minha irmãzinha, Brianna, estavam decorando nossa casa para o Halloween.

Eu já sabia o que aconteceria em seguida, porque todo ano é a mesma coisa.

A Brianna chega de fininho e tenta assustar todo mundo com uma aranha de plástico idiota.

Já é praticamente, tipo, uma tradição de Halloween da família Maxwell. Meu pai e minha mãe sempre fazem uma cena e fingem ficar apavorados, só para ela ficar contente.

A Brianna, obviamente, acha isso tudo o máximo.

Pessoalmente, não acho que seja muito saudável estimular esse tipo de atitude.

O que vai acontecer quando ela ficar mais velha e entrar no colégio?

Ei! Já SEI o que vai acontecer!

A Brianna vai levar a aranha de plástico para a aula e vai tentar assustar todo mundo, porque considera esse comportamento adequado.

E o colégio todo vai achar que ela é uma SEM NOÇÃO!

Então, vou ter que me dar ao trabalho de mudar meu sobrenome para que ninguém descubra que somos irmãs.

Meus pais precisam entender que criar uma criança tão tolinha quanto a Brianna exige grande responsabilidade.

Enfim, eu estava no meu quarto estudando para a prova de francês.

Estava um pouco irritada, porque não conseguia lembrar quais palavras são masculinas e quais são femininas em francês.

Como era de esperar, a Brianna surgiu do nada:

E me pareceu que a pobre aranha também ficou um pouquinho traumatizada.

A Brianna achou aquilo tudo MUITO engraçado.

HAHAHA, Brianna!!

Não sei COMO pude achar que aquela aranha de verdade era a da Brianna.

A dela é roxa com coraçõezinhos rosa, usa tênis de cano alto e tem um sorriso enorme no rosto. É o tipo de aranha que você esperaria encontrar morando na casa da Barbie ou passeando com o Bob Esponja.

Depois dessa experiência, nunca mais vou esquecer que aranha em francês é *araignée*.

Mas essa palavra é masculina OU feminina?

QUE SACO!!

Tenho CERTEZA que vou tirar ZERO nessa prova imbecil ☹!!

SEGUNDA-FEIRA, 14 DE OUTUBRO

Quando cheguei ao colégio hoje de manhã, para minha surpresa, havia um bilhete da Chloe e da Zoey na porta do meu armário.

NIKKI,

ADIVINHA QUEM VAI NA FESTA DE HALLOWEEN?! NOS ENCONTRE O MAIS RÁPIDO POSSÍVEL NO DEPÓSITO DO ZELADOR!

CHLOE E ZOEY

O depósito do zelador é o nosso ponto de encontro secreto.

A gente se encontra lá para discutir coisas PARTICULARES e ULTRASSECRETAS.

Assim que cheguei ali, percebi que a Chloe e a Zoey estavam superempolgadas.

"Adivinha só quem vai na festa de Halloween?!!", a Zoey disse, rindo.

"Humm... sei lá. QUEM?", perguntei.

Tinha certeza absoluta de que NÃO ERA nenhuma de nós três. Nós somos as três garotas menos populares do colégio.

"SURPRESA!! NÓS VAMOS!!", a Chloe gritou, enquanto pulava e sacudia os braços.

"E já arranjamos três garotos para irem conosco! Tipo, mais ou menos!", a Zoey ganiu.

"Mais ou menos? O que você quer dizer com 'mais ou menos'?", perguntei.

Eu já estava começando a ter um mau pressentimento em relação a essa história de meninos.

Foi quando a Chloe e a Zoey explicaram um plano maluco de como descolaríamos três caras superlegais para a festa de Halloween. Tudo em apenas cinco passos simples:

PASSO 1: Nós nos inscrevemos como voluntárias para a equipe de limpeza da festa.

PASSO 2: Chegamos ao local meia hora antes, com a desculpa de conferir se está tudo limpo. Mas, em vez disso, trocamos de roupa e colocamos nossas fabulosas fantasias.

PASSO 3: Rapidamente, começamos a espalhar o boato de que três gatinhos da banda são nossos acompanhantes (mesmo que, na verdade, NÃO sejam).

PASSO 4: Como a banda vai estar muito ocupada, porque precisa tocar durante a noite TODA, nós três vamos dançar, comer e conversar umas com as outras.

PASSO 5: Vamos nos divertir MUITO, MUITO, MUITO, enquanto todos (inclusive as GDPs) vão ao DELÍRIO por causa dos nossos gatinhos SUPERfofos, SUPERtalentosos e SUPERpop stars.

Esse plano era *QUASE* tão bizarro quanto aquele em que fugiríamos de casa e viveríamos em túneis secretos debaixo da Biblioteca Pública de Nova York.

Eu disse a elas que havia uma pequena chance de o esquema fraudulento "Estou com um dos caras da banda" funcionar.

Mas tudo dependeria muito da aparência dos caras da banda.

AMANTES DA MÚSICA, FOFOS E DESCOLADOS...

Todos teriam INVEJA de nós ☺!

BANDO DE DOIDÕES ASSUSTADORES...

Todos RIRIAM de nós ☹!

A parte perigosa do plano é que o tiro poderia sair pela culatra e acabar com a nossa reputação.

E, no momento, nosso índice de popularidade no ranking das GDPs da WCD já é patético o suficiente.

Eis um gráfico dos indivíduos MENOS POPULARES do colégio.

Como havia uma chance considerável de eu acabar me tornando MENOS popular do que o mofo escuro, certamente precisávamos de uma ideia melhor.

Sugeri que cada uma de nós usasse a criatividade e inventasse uma fantasia barata utilizando sacolas plásticas e enchendo-as de jornal. Assim, poderíamos ir fantasiadas de... (por favor, rufem os tambores)...

SACOS DE LIXO!!

Não seria muito FOFO?!

Principalmente se nos tornássemos membros da equipe de limpeza.

Também precisaríamos de um par daquelas luvas amarelas emborrachadas.

Fiquei com nojo só de pensar em todas as coisas cheias de germes que poderiam ficar por aí depois de uma grande festa como aquela.

Eeeeeeca!

E, como não temos acompanhantes, poderíamos passar a noite toda improvisando passos de filmes e utilizando vassouras, rodos e aspiradores de pó como parceiros de dança.

Eu pessoalmente achei esse plano GENIAL!

A gente arrasando na pista de dança como... O BONDE DA LIMPEZA!

Mas a Chloe e a Zoey ficaram tipo: "Ããã... não nos leve a mal, mas seu plano é... UMA DROGA".

É claro que eu fiquei superchateada com esse pequeno comentário.

"Tá bom, amigas! Querem saber o que eu acho UMA DROGA? UMA DROGA é ir à festa de Halloween como a equipe de limpeza e MENTIR pra todo mundo que os caras da banda estão com a gente!"

A Chloe e a Zoey ficaram em silêncio, me olhando com aquela cara de cachorro sem dono.

E é claro que eu senti pena delas, porque conhecia de perto a sensação de estar desesperada para ir à festa de Halloween.

Então, como a amiga sensível e dedicada que sou, decidi deixar meus sentimentos de lado e me inscrever com elas para a equipe de limpeza da festa.

Encarei isso como um pequeno sacrifício, que no fim das contas ajudaria a edificar amizades verdadeiras e duradouras.

A ficha de inscrição estava afixada no mural em frente à secretaria.

Sorte nossa que ninguém tinha se inscrito ainda para a equipe de limpeza.

Mas o que realmente me deixou chateada foi a lista de candidatos a COORDENADOR da festa de Halloween.

Por algum motivo, a maioria das pessoas que se candidataram tinha riscado o nome da lista.

Ou seja, só havia três candidatos para aquela função ☹!

POR FAVOR, POR FAVOR, POR FAVOR, faça com que a Violet Baker ou o Theodore L. Swagmire III seja escolhido como coordenador.

Caso contrário, essa história toda de equipe de limpeza vai se transformar no meu maior

PESADELO!

TERÇA-FEIRA, 15 DE OUTUBRO

AMO o quinto período, porque eu, a Chloe e a Zoey trabalhamos como assistentes de organização da biblioteca (AOBs) ☺!

Alguns alunos acham que a biblioteca é um lugar chato e quieto, frequentado apenas por nerds e excluídos, mas a gente sempre se diverte MUITO por ali!

NÓS COLOCAMOS OS LIVROS DE VOLTA NAS PRATELEIRAS

ATENDEMOS O TELEFONE DA BIBLIOTECA

ORGANIZAMOS AS REVISTAS NOVAS

45

E nossa bibliotecária, a sra. Peach, é superlegal. Às sextas-feiras, ela faz biscoitos com recheio duplo de chocolate e nozes para a gente. Delícia!

Fiquei um pouco surpresa quando a sra. Peach me deixou um bilhete dizendo que eu deveria ir imediatamente à secretaria.

É que meus pais estavam lá me esperando. Eles foram me buscar mais cedo no colégio porque queriam que eu fosse ao velório do sr. Wilbur Roach, um empresário local aposentado e ex-presidente da Associação de Dedetizadores de Westchester.

Não dava para acreditar que aquele era MESMO o sobrenome dele! Roach é barata em inglês! Coitado!

Nem meus pais nem eu conhecíamos o sujeito. Mas, como dedetizadores do estado todo estariam lá com suas famílias, meu pai achou uma boa ideia irmos também.

E eu, tipo: "QUE MARAVILHA ☹!!" E, como se não fosse o bastante, tive que ouvir um CD supercafona do meu pai durante toda a viagem.

47

Quando ele estava ouvindo a música "Mexe esse traseiro" pela trigésima nona vez consecutiva, eu queria me atirar pela janela no meio dos carros que passavam.

A música é assim: "Mexe esse traseiro, mexe esse traseiro, é isso aí, mexe esse traseiro", e daí é só repetir essa parte 1.962 vezes até o fim da música.

A experiência toda acabou sendo muito traumática para mim. Também fiquei um pouco preocupada porque estava com uma grave crise de soluço. E eram muito barulhentos.

Durante o velório, minha mãe ficava me olhando indignada, como se eu estivesse soluçando de propósito ou sei lá o quê. Mas eu realmente não podia fazer nada para parar aquilo.

E teve um cara chamado sr. Hubert Dinkle que ficou muito emocionado enquanto prestava a sua homenagem. Minha mãe disse que é porque Wilbur Roach era o melhor amigo dele.

Eu acho que os meus soluços o deixaram muito irritado, porque no meio do discurso ele parou, olhou feio para mim e rosnou.

NÃO estou mentindo! Ele realmente rosnou para mim!

Meu soluço estava deixando todo mundo doido.

Eu estava esperando o próprio Wilbur Roach se levantar do caixão e GRITAR comigo também!

ISSO sim teria me deixado completamente em pânico! Principalmente porque, tipo, ele deveria estar... MORTO!!!

Enfim, meu soluço só piorava. Então, o sr. Dinkle decidiu tomar uma atitude e acabou sendo muito GROSSO.

Depois que o sr. Dinkle quase me MATOU de susto E me fez tomar um copo d'água enorme na frente de todo mundo, meu soluço finalmente passou. O que foi uma coisa ótima ☺!

Sempre me perguntei por que eles deixavam uma jarra de água em cima do altar.

Quem poderia ter imaginado que se tratava de uma cura de emergência para um caso de soluço?!

Depois de todo o drama naquele funeral, tenho certeza de que meus pais não vão me arrastar para outro tão cedo.

Graças a Deus!

Minha única preocupação agora é que, como o sr. Dinkle é supervelho e toca órgão na igreja, posso de repente encontrá-lo em outras ocasiões no futuro.

E então ele vai poder se vingar DE VERDADE por eu ter arruinado seu discurso.

A VINGANÇA DO SR. DINKLE

QUARTA-FEIRA, 16 DE OUTUBRO

MEU DEUS DO CÉU!

NUNCA ri tanto na minha vida!

Hoje minha mãe acordou bem cedo e decidiu experimentar algumas técnicas caseiras de beleza e relaxamento que aprendeu na tevê.

Ela estava usando uma máscara facial de aveia e tinha uma rodela de pepino em cada olho. E havia apagado todas as lâmpadas da sala de estar para meditar sobre o sentido da vida.

Pelo menos foi isso que ela disse que estava fazendo. Para mim, parecia que ela estava simplesmente tirando uma soneca sentada na cadeira.

Seja como for, meu pai entrou na sala, acendeu todas as luzes e, tipo,

LEVOU O MAIOR SUSTO!

Ele gritou tão alto e com uma voz tão aguda que pensei que fosse trincar a janela da nossa sala de estar.

Então, quando a minha mãe acordou e ouviu meu pai gritando daquele jeito, entrou em pânico e agarrou o braço dele.

O que fez com que ele gritasse AINDA MAIS ALTO!

Acho que ele pensou que estava sendo atacado por algum tipo de monstro de aveia com olhos de pepino, vestindo um roupão rosa felpudo e com uma toalha de banho enrolada na cabeça.

O que, devo admitir, PARECE muito assustador, se você parar para pensar.

Eu só queria ter filmado a cena. Aposto que pelo menos dez milhões de pessoas veriam o vídeo no YouTube.

Daí, algum produtor nos pagaria um milhão de dólares para fazer um reality show cafona sobre a nossa família.

MEU DEUS! Estou rindo tanto que estou até com dor de barriga! ☺!!!

ALIÁS, estou tendo um péssimo pressentimento a respeito daquela história de participar da equipe de limpeza ao lado da Chloe e da Zoey.

POR QUÊ?

Porque, quando cheguei à escola, todos comentavam que o conselho estudantil havia escolhido a MACKENZIE como coordenadora da festa de Halloween!

SÉRIO, QUE LIXO ☹!!

Óbvio que ela fez questão de transformar isso na coisa mais importante do mundo.

Aliás, ela chegou a usar uma roupa especial para a ocasião e insistiu para que todos a chamassem de "Miss Coordenadora".

Eu pessoalmente achei que a tiara e as rosas eram um pouco demais.

Não, eu não estava com inveja dela nem nada.

57

Porque, né, isso seria superimaturo.

A primeira coisa que a MacKenzie fez foi convocar uma reunião de emergência na hora do almoço.

Só que não havia nenhuma emergência DE FATO.

Fiquei sentada em um auditório enorme ao lado de mais umas trinta pessoas, escutando a MacKenzie fazer um discurso ridículo:

"Gostaria apenas de agradecer aos membros do meu maravilhoso comitê para a festa de Halloween e compartilhar com vocês minhas opiniões sobre este que, para mim, será o evento mais incrível da história deste colégio. Para alcançar esse objetivo, estou oficialmente convidando cada um de vocês para minha festa de aniversário. Que, aliás, foi reagendada mais uma vez para o dia 19 de outubro, sábado, devido a um conflito de datas com o jantar de premiação do concurso de artes. É com muito orgulho que dou a vocês essa oportunidade, na esperança de que aqueles que têm... humm... como posso dizer... dificuldades de interação social possam conhecer, em primeira mão, como é uma festa sofisticada e empolgante."

Eu quase caí da cadeira! Não dava para acreditar que a MacKenzie tinha acabado de dizer, na frente de todo mundo, que eu tinha "dificuldades de interação social" E me convidado para sua FESTA DE ANIVERSÁRIO!!!

Tipo, POR QUE ela queria que EU fosse à festa dela?!

O discurso da MacKenzie se estendeu por mais uns dez minutos e, quando ela finalmente terminou, todas as GDPs aplaudiram de pé.

A MacKenzie anunciou que os comitês de execução, entretenimento, publicidade, decoração e alimentação teriam encontros diários, tendo início amanhã.

Mas a equipe de limpeza – que, por sinal, era formada por mim, a Chloe, a Zoey, a Violet Baker e o Theodore L. Swagmire III – não participaria de nenhum encontro, "porque não precisa nem ter cérebro para fazer faxina".

Ficou bem claro para mim que a MacKenzie estava tratando os integrantes da equipe de limpeza como cidadãos de segunda classe, o que não me agradou nem um pouquinho.

Pessoalmente, eu achava que precisávamos nos reunir ao menos uma vez para planejar nossa estratégia de limpeza.

Depois, ela incentivou todo mundo a aparecer na festa com fantasias de Halloween bem criativas.

EXCETO, é claro, os membros da equipe de limpeza. A MacKenzie mostrou para todo mundo alguns esboços do uniforme "superfofo" que ela mesma tinha desenhado para vestirmos durante a festa.

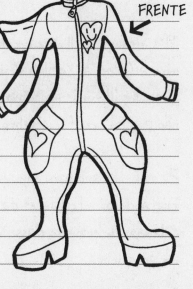

NOSSO UNIFORME DA EQUIPE DE LIMPEZA, DESENHADO PELA MACKENZIE

FRENTE

Parecia uma mistura de traje espacial e pijama, acompanhada por botas com salto plataforma.

Ela comentou que o traje poderia comportar facilmente vinte quilos de lixo em cada um dos dois grandes bolsos que havia na parte da frente.

E, caso algum de nós precisasse ir ao banheiro, era só desabotoar a aba na parte traseira.

COSTAS

Olhei fundo nos olhos da MacKenzie e percebi de cara que a garota nos faria vestir aquele "uniforme" ridículo só para nos humilhar na frente do colégio todo.

Mas ela apenas sorriu e deu umas piscadinhas, fingindo ser completamente inocente.

Quando a reunião finalmente chegou ao fim, falei para a Chloe e para a Zoey que eu não deixaria aquela garota nos envergonhar daquela maneira DE JEITO NENHUM.

Mas elas estavam tão animadas com a mera possibilidade de ir à festa que nem se importaram com o que eu dizia.

Elas disseram que eu deveria me esforçar para ter um pouquinho mais de espírito de equipe e dar uma chance para o uniforme da MacKenzie.

61

Porque, mesmo que parecesse totalmente ridículo no papel, podia ser que, quando experimentássemos o uniforme, ele ficasse superfofo.

Fiquei com tanta raiva que me deu vontade de CUSPIR!

A reunião da MacKenzie foi uma TOTAL E COMPLETA perda de tempo.

Pessoalmente, acho que o meu horário de almoço teria sido mais bem aproveitado se eu tivesse tentado ENGOLIR de alguma maneira o picadinho surpresa de sobras de atum e almôndega!

QUINTA-FEIRA, 17 DE OUTUBRO

A Brianna participou de uma apresentação de balé esta noite. Eu queria ficar em casa e fazer minha lição, mas minha mãe me obrigou a ir.

Todo ano é exatamente a mesma coisa: garotinhas fofinhas vestidas com roupinhas fofinhas, fazendo dancinhas fofinhas ao som de músicas fofinhas.

A Brianna também não queria ir à apresentação.

Principalmente porque ela ODEIA balé!!

Sempre que a minha mãe a arrasta para as aulas, ela fica choramingando: "Maaaaaaaannhhhêêê! Quero ser lutadora de caratê! E não ficar na ponta dos dedos parecendo um gafanhoto com uma saia rosa que pinica!"

Mas, como o sonho da minha mãe era ser bailarina e não deu certo, ela achou que ter uma filha e FORÇÁ-LA a fazer aulas de balé seria uma boa alternativa!

Quando eu era mais nova, minha mãe também tentou me colocar na aula de balé.

Só que, depois que ela saía, eu ia direto para o banheiro feminino, tirava a malha e as sapatilhas e colocava roupas de dança mais adequadas. Daquele tipo DESCOLADO que usam na MTV.

SE EU SEI DANÇAR? PODE CRER! NASCI PRA ISSO, CARA!

Mesmo eu estando superempolgada com a dança, minha professora me mandou de volta para casa com um bilhete:

Madame Fifi
Escola de Dança

TRANSFORMAMOS PATINHOS FEIOS E DESAJEITADOS
EM BELOS E GRACIOSOS CISNES.

Prezada _sra. Maxwell_ :

Avaliei cuidadosamente as habilidades de sua

filha _Nikki_ como dançarina e sugiro o

seguinte procedimento:

___ INICIAR AULAS DE BALÉ CLÁSSICO

___ INICIAR AULAS DE JAZZ

___ INICIAR AULAS DE SAPATEADO

_X_ OUTRO: _Dançarina de apoio_
profissional para estrelas do pop ou do rap.
Boa sorte!

Atenciosamente,

Madame Fifi

Pensei que aquela era uma ótima notícia, mas minha mãe ficou superchateada porque eu não me tornaria uma bailarina.

Infelizmente, a madame Fifi também não gostou muito da Brianna.

Ela sempre mandava minha irmã mais cedo para casa por atrapalhar as aulas de dança.

E na semana passada a Brianna se meteu em apuros por vandalizar a escola de balé.

Em vez de simplesmente pedir desculpas à madame Fifi, a Brianna resolveu inventar uma mentira.

Ela disse: "Mas, manhê! Foi a minha amiga Bicuda que escreveu naquele pôster idiota! Não fui EU!"

Essa era a versão dela, na qual ela insistiu por muito tempo.

Mas todo mundo sabe que a Bicuda é, na verdade, a PRÓPRIA mão da Brianna com uma carinha desenhada.

Todo mundo, menos a Brianna.

Já está bem claro para mim que a minha irmãzinha tem graves problemas mentais. Só estou avisando...!!

De modo geral, a apresentação foi ok. Exceto pela última dança, chamada "As fadas e suas flores favoritas fazem a festa".

A Brianna ficou parada no meio do palco, tremendo e com cara de pânico. Fiquei com um pouco de pena dela.

Embora, devo admitir, parte da culpa seja minha.

A Brianna tem problemas com a fada do dente. Morre de medo dela desde que inventei que a fada roubava os dentes das criancinhas, colava com Super Bonder e os transformava em dentaduras para os velhinhos.

A FADA DO DENTE COLANDO DENTES PARA FAZER DENTADURAS

A minha intenção era que tudo não passasse de uma brincadeirinha inocente.

Mas depois disso ela passou a ter medo de ir sozinha ao banheiro durante a noite.

Enfim, terminada a apresentação, estávamos nos preparando para ir embora quando a sra. Clarissa Hargrove, mãe de uma das garotas do balé, veio em nossa direção e convidou a Brianna para a festa de Halloween da turma do balé.

Ela disse que a festa seria no Centro Recreativo de Westchester, na ala dedicada exclusivamente a crianças. O centro é superlegal. Tem até um minizoológico lá!

Fiquei um pouco surpresa quando a sra. Hargrove me parabenizou pelo prêmio de artes.

Ela comentou que estava procurando desesperadamente um artista para pintar algumas máscaras para a festa do balé e perguntou se eu estava interessada.

Parece que a sobrinha dela, que também é aluna do Westchester Country Day, contou que eu era a melhor artista do colégio e sugeriu que ela pedisse a minha ajuda.

E SE LIGA! A sra. Hargrove me ofereceu 150 dólares para pintar as máscaras e ajudar na festa por algumas horas.

Eu fiquei tipo: "Bem, ãããã... É ÓBVIO QUE SIM!! ☺!!"

Por 150 dólares, eu pintaria a casa dela INTEIRA, por dentro e por fora!

E também, tipo, eu não tenho nada de mais interessante para fazer na noite de Halloween de qualquer forma. A não ser, talvez, ajudar na limpeza da festa do colégio.

E agora eu tenho uma ótima desculpa para NÃO participar daquela farsa de "Estou com um dos caras da banda!" com a Chloe e a Zoey.

A sra. Hargrove disse que vai comprar as tintas e os pincéis e me entregar tudo na semana que vem.

Então agora eu estou sentada no meu quarto olhando para um cheque de 150 dólares.

Não acredito que FINALMENTE vou ter dinheiro para comprar aquele celular que eu queria.

UUHUUU!! ☺!!

SEXTA-FEIRA, 18 DE OUTUBRO

Ainda estou obcecada pelo que o Brandon queria me perguntar na noite do jantar de premiação.

De acordo com a MacKenzie (e com todas as fofocas recentes), ele já tem companhia para a festa de Halloween.

Então, a única coisa em que consegui pensar é que talvez ele ainda queira me entrevistar para o jornal do colégio porque eu ganhei o concurso de artes. Afinal, ele me pediu isso nove dias atrás.

Sempre que encontro com ele na aula, ele só diz "oi" e "tchau", e nossa relação se resume basicamente a isso. Ele anda muito mais quieto do que costumava ser.

Ou talvez simplesmente não queira ser visto em público falando com uma TONTA como eu ☹!

A MacKenzie também não ajuda muito. Toda vez que ela me vê perto do Brandon, corre em nossa direção e começa a flertar com ele, enrolando o cabelo com a ponta do dedo. Ela fez isso a semana INTEIRA.

Tenho certeza que ela está tramando alguma coisa, mas não sei o quê.

Enquanto eu organizava alguns livros com a Chloe e a Zoey, finalmente mencionei essa coisa toda do Brandon.

A Chloe, que por sinal é especialista em assuntos relacionados a garotos, disse que o melhor a fazer era simplesmente perguntar o que ele queria.

Contei para ela que já tinha tentado fazer isso. Mas é muito difícil conversar com ele durante a aula, com a MacKenzie se metendo o tempo todo.

E, se eu pedisse para a gente se encontrar no depósito do zelador, para que tivéssemos um pouco de privacidade, ele pensaria que sou uma PSICOPATA.

A Chloe e a Zoey concordaram 100% comigo. Não sobre ser difícil conversar com o Brandon na aula, mas que ele me acharia uma psicopata.

Daí, a Zoey contou que ouviu a MacKenzie se gabando durante a aula de educação física de que o editor do jornal do colégio tinha pedido ao Brandon, como um favor pessoal, que cobrisse a festa de aniversário dela.

Foi quando a Chloe disse: "Ei, tenho uma ideia! Se o Brandon vai à festa de aniversário da MacKenzie, por que você não conversa com ele lá? Só vai levar uns minutinhos, e daí você pode ir embora".

"Você tá PI-RA-DA?!", gritei. "Não existe a MENOR chance de eu ir sozinha àquela festa, com a MacKenzie e todas aquelas GDPs lá!!"

Foi quando a Chloe abriu um sorriso enorme e começou a sacudir os braços!

E eu pensando: *Ô-ÔU!! Lá vem mais uma daquelas ideias MALUCAS!!*

"Nikki, você não vai até lá SOZINHA! Porque NÓS vamos com você!", a Chloe gritou empolgada.

Sério, eu NÃO podia acreditar que a Chloe e a Zoey estavam se oferecendo para ir comigo à festa da MacKenzie!

Elas disseram que era para me dar apoio moral e também porque somos melhores amigas.

E NÃO porque as duas queriam se divertir, dançar ou flertar com suas paixões secretas, o Jason e o Ryan, que, aliás, poderiam convidá-las para a festa de Halloween.

NÃO! A gente combinou que a festa da MacKenzie ia ser apenas uma questão de NEGÓCIOS!

A princípio, eu pretendia gastar o cheque de 150 dólares da sra. Hargrove para comprar um celular novo.

Mas, quando abri meu guarda-roupa, percebi que meu único vestido chique de festa era de quando eu estava no segundo ano e tinha um monte de botões e babados.

E nem morta eu usaria de novo aquele vestido velho e sem graça que usei no jantar de premiação.

Então, resolvi usar o dinheiro do celular para comprar um glamouroso vestido de marca para usar na festa da MacKenzie.

E, ao menos uma vez na vida, minha mãe topou me levar até o SHOPPING em vez de procurar algo nas lojas que estivessem em liquidação, como ela costuma fazer.

Eu fiquei, tipo, SUPERFELIZ ☺!!

Enquanto minha mãe ajudava a Brianna a escolher uma fantasia de Halloween, fui de loja em loja experimentando vários vestidos maravilhosos. Encontrei até sapato, bijuterias e outras coisas descoladas que combinavam.

Senti como se estivesse me preparando para uma sessão de fotos do *America's Next Top Model*! Só faltava a Tyra Banks aparecer do nada.

Ela sorriria carinhosamente para mim e para outra modelo e diria: "Tenho duas fotos em minhas mãos. Mas apenas UMA de vocês pode continuar nesta competição. A garota feia e preguiçosa terá de fazer as malas e voltar para casa".

MEU DEUS! Como eu AMO essa mulher ☺! Acho que ela é um exemplo maravilhoso para as jovens modelos.

Enfim, quase SURTEI ao experimentar todas aquelas roupas.

← EMO SINISTRA

→ GAROTA MALVADA

Infelizmente, nenhum desses estilos refletia meu real e verdadeiro eu.

O shopping ia fechar em menos de uma hora e eu estava começando a entrar em pânico. Se eu não encontrasse um vestido logo, não poderia ir à festa da MacKenzie.

De repente...

LÁ ESTAVA ELE!!

Mas o único do meu tamanho estava num manequim esnobe da vitrine.

Então, fui correndo até a atendente da loja, que parecia bem arrogante, cutuquei-a no ombro e disse:

"Com licença. Eu AMEI aquele vestido na vitrine. Você poderia tirar do manequim para mim, por favor?"

Mas ela estava muito ocupada arrumando um mostruário de meias coloridas, daquelas que têm separação entre os dedos.

E aposto que ela NÃO queria ser incomodada, porque apenas se virou para mim e disse: "Mocinha, será que não dá pra ver que eu tô ocupada? Agora, XÔ! Antes que eu chame a segurança!"

Fiquei passada com aquele comportamento superinadequado!

Até cogitei fazer uma reclamação com o gerente, já que aquela era para ser uma loja bem exclusiva, só para clientes VIPs.

E quem em sã consciência iria querer comprar aquelas meias?

Só tô dizendo...

Enfim, eu AMEI muito, muito aquele vestido!

E não ia sair da loja sem ele de jeito nenhum.

Então, decidi entrar eu mesma na vitrine e tirar o vestido do manequim.

Tipo, não podia ser tão difícil assim, né?

Para minha sorte, a única outra pessoa que estava por perto era uma senhorinha que procurava meia-calça.

Tudo estava indo muito bem, até que eu acidentalmente derrubei tudo e a cabeça caiu.

Não a da senhorinha. A do manequim.

E eu, tipo: "Que DROGA!"

Toda vez que eu tentava deixar o manequim de pé, ele balançava para frente e para trás e acabava caindo de novo. E a cabeça rolava pelo chão como se fosse uma bola de boliche.

Para piorar tudo, uma pequena multidão se aglomerou em frente à vitrine e ficou olhando para mim.

E uma criancinha começou a chorar muito, porque aquele manequim sem cabeça devia ser algo bem assustador.

Enfim, depois de uma eternidade, finalmente consegui deixar o manequim de pé. E também arranjei outra roupa para ele.

Então, paguei o vestido e dei o fora dali.

Antes que a atendente malvada chamasse a segurança e mandasse me prender por vandalismo.

Pode acreditar, eu NÃO vou voltar a essa loja chiquérrima tão cedo.

SÁBADO, 19 DE OUTUBRO

MEU DEUS! Não acredito no que acabou de acontecer comigo na festa da MacKenzie. Nunca fui tão humilhada em toda a minha vida ☹!

A festa foi em um clube megachique e parecia ter saído daquele programa da MTV, *My Super Sweet 16*.

Uma sala enorme tinha sido transformada em pista de dança, com direito a palco, DJ e globo de luz.

E, para deixar tudo ainda mais luxuoso, um chef foi contratado para preparar sushis e pizzas com massa feita na hora, enquanto um barista do Starbucks servia mocha frappuccinos, caramel lattes e smoothies de banana com morango.

Todos os garotos estavam de terno e gravata, e as garotas com vestidos de festa criados pelos mais famosos estilistas.

Devia ter umas duzentas pessoas, e todo mundo estava dançando e se divertindo.

E eu, tipo: "UAU!!"

A Chloe e a Zoey estavam MARAVILHOSAS! E elas disseram que eu parecia uma celebridade glamourosa de Hollywood.

Nós três estávamos supernervosas e completamente perdidas com todas aquelas GDPs ao redor.

Deixamos os presentes da MacKenzie em uma mesa lotada de pacotes e tentamos agir de um jeito bem descolado e indiferente.

Sabe como é, agir como se NÃO FÔSSEMOS umas tontas e como se aquela NÃO FOSSE a primeira e ÚNICA festa para a qual havíamos sido convidadas desde que entramos no colégio.

Mas a Zoey meio que estragou o nosso disfarce de "baladeiras descoladas".

De repente, os olhos dela se arregalaram até ficarem do tamanho de bolas de golfe e ela deu um grito agudo: "UHUUUU!"

Numa mesa perto da gente, tinha uma enorme fonte de chocolate.

No topo, havia uma travessa chique de cristal cheia de frutas, que podiam ser mergulhadas no chocolate quentinho.

Nós três fomos praticamente correndo até lá para ver mais de perto.

Era a coisa MAIS INCRÍVEL do mundo!!

E, enquanto estávamos lá, uma coisa esquisitíssima aconteceu.

O Jason e o Ryan foram até a Chloe e a Zoey e as tiraram para dançar!!!

Nós três ficamos paralisadas e completamente passadas.

Achei que precisaríamos de um daqueles desfibriladores que os médicos usam em quem sofre ataque cardíaco.

A Chloe e a Zoey simplesmente ficaram paradas ali, piscando e de queixo caído, como se tivessem sido pegas no flagra fazendo alguma coisa errada.

Elas olharam para mim e então para os garotos, e então para mim e para os garotos, e então para mim e para os garotos de novo. E isso durou, tipo, uma eternidade!

Então finalmente eu respondi: "Na verdade, elas ADORARIAM dançar!"

A Chloe e a Zoey ficaram com as bochechas vermelhas.

"Ãããã... claro!", a Zoey gaguejou.

"Tá bom, eu acho!", a Chloe complementou, em meio a risadinhas.

Então, as duas apertaram meu braço. E, como eu sou a melhor amiga delas, sabia exatamente no que estavam pensando.

Que talvez os garotos convidassem as duas para a festa de Halloween.

Dei uma piscadinha e disse: "Ei! Podem ir! Vou experimentar essa deliciosa fonte de chocolate. Divirtam-se, tá?"

A Chloe e a Zoey sorriam nervosas enquanto os quatro se dirigiam à pista de dança lotada.

Eu fiquei TÃO feliz por elas.

Não conseguia decidir qual das frutas queria experimentar primeiro — morango, maçã, abacaxi, banana ou kiwi. Mas, como era de graça, coloquei alguns pedaços de cada no prato e derramei calda de chocolate por cima de tudo. Mal podia esperar para atacar!

Era difícil acreditar que eu estava mesmo me divertindo na festa da MacKenzie. Se eu conseguisse encontrar o Brandon e *finalmente* falasse com ele sobre aquela entrevista ou sei lá o quê, seria uma noite PERFEITA.

Fiquei um pouco surpresa quando a MacKenzie e sua melhor amiga, a Jessica, vieram na minha direção e puxaram papo.

"MEU DEUS! Não acredito que você veio!", a MacKenzie disse, sorrindo para mim. "E seu vestido e seu sapato são superfofos! Espera, nem precisa me contar. Você assaltou a seção de Achados e Perdidos?!"

Rangi os dentes, respirei fundo e então abri um sorriso bem falso.

"Feliz aniversário, MacKenzie! Obrigada pelo convite!"

Eu não queria gastar nem um pingo da minha energia lidando com aquele drama. O ÚNICO motivo pelo qual fui àquela festa idiota era para falar com o Brandon.

De repente, a Jessica me encarou e fez uma careta.

"MEU DEUS! Que negócio é esse nas suas frutas? ECA!"

"O quê?!" Olhei para o prato esperando encontrar um inseto ou um fio de cabelo grudado no chocolate.

"ISSO AÍ! Não tá vendo? QUE NOJO!", ela exclamou, apontando e franzindo a testa como se estivesse vendo algo asqueroso com dezoito pernas.

Aproximei o rosto do prato para ver mais de perto.

"O quê? Eu não tô vendo n..."

Mas, antes que eu pudesse terminar a frase, a Jessica deu um tapa na parte de baixo do meu prato.

PLOFT!

Enquanto o prato levantava voo, alguns pedaços de fruta caíram na fonte, fazendo *cataploft* e espirrando chocolate no meu rosto.

Mas a maior parte daquela comida pegajosa caiu na parte da frente do meu vestido e ficou grudada.

Fiquei paralisada, olhando para aquilo tudo HORRORIZADA!

Meu lindo vestido de marca estava completamente arruinado!

A MacKenzie e a Jessica caíram na gargalhada, e outra meia dúzia de GDPs se juntou a elas.

"Nikki, sinto MUITO! Eu juro que foi um acidente!", a Jessica disse, me olhando com desprezo.

"MEU DEUS, Nikki! Você devia ter visto a sua cara!!", a MacKenzie gritou.

"Parece que você acabou de sair de uma guerra de comida. Que você PERDEU!", a Jessica comentou.

Senti um nó na garganta tão grande que mal conseguia respirar. Meus olhos se encheram de lágrimas e eu tentei segurá-las. Não quis dar à MacKenzie e à Jessica o prazer de me ver chorando.

Peguei alguns guardanapos e esfreguei no vestido até que restasse apenas uma grande mancha amarronzada.

Logo ficou muito claro para mim que a única razão pela qual a MacKenzie tinha me convidado para a festa era para me humilhar na frente de todo mundo.

E, como uma idiota, eu mordi a isca direitinho. Como pude ser tão ESTÚPIDA?! Não estava mais interessada em falar com o Brandon. Só queria ir para casa.

De repente, a MacKenzie teve um sobressalto e passou mais uma camada de gloss. "AI, MEU DEUS! Jessica, não é aquele fotógrafo da coluna social de

Westchester? Acho que tá na hora da nossa sessão de fotos!"

Foi quando notei que a fonte estava vibrando e fazendo um barulho estranho, como se estivesse engasgada.

Achei que os pedaços de fruta que tinham caído lá dentro estavam entupindo alguma coisa, ou algo assim.

"Que fonte linda! Vamos tirar uma foto da aniversariante e de sua melhor amiga ao lado dela", pediu o fotógrafo, enquanto mergulhava um pedaço de morango no chocolate e o colocava na boca.

Ok, eu tive um péssimo pressentimento quanto à ideia de elas tirarem uma foto para a coluna social ao lado da fonte.

Principalmente porque eu estava ouvindo um ruído baixinho, que parecia uma mistura de liquidificador entupido e descarga de banheiro.

Aquilo NÃO era um bom sinal. Eu que não ia ficar perto daquela coisa!

97

Eu admito, aquela mancha enorme no meu vestido era horrível.

Mas a Jessica e a MacKenzie pareciam ter lutado dentro de um barril de chocolate derretido e, logo em seguida, tentado se lavar em um chuveiro que, em vez de água, soltava jatos de calda de chocolate.

O que, por sinal, fez com que eu me sentisse muito melhor ☺.

Coloquei meu xale sobre o vestido e fui correndo até a portaria ligar para os meus pais.

Decidi não contar para a Chloe e para a Zoey que eu estava indo embora. Elas ainda estavam dançando com o Jason e o Ryan e pareciam estar se divertindo muito.

E, se elas tivessem sorte e conseguissem convites "de verdade" para a festa de Halloween, não precisariam ir adiante com aquela farsa de "Estou com um dos caras da banda".

Eu estava em frente à porta de entrada, esperando meus pais chegarem e tentando ignorar minha dor de cabeça, quando ouvi uma voz familiar.

"Ei, você já está indo embora?"

Era o Brandon. Que maravilha ☹!!

Ajeitei o xale para ter certeza de que a mancha não estava aparecendo e desviei o olhar para longe.

"Tô sim. Na verdade, eu nem sei por que vim."

"Tô indo também. Só vim porque precisava tirar umas fotos para o jornal."

"Hum... legal", respondi, tentando forçar um sorriso.

Nossos olhos se encontraram por um instante, mas rapidamente desviei o olhar. Ficamos ali parados e não dissemos mais nada por um tempo.

Fiquei mexendo no xale, mas, com o canto do olho, conseguia perceber que ele estava me encarando.

"Você tá bem?"

"Sim. Só tô supercansada."

"Ah, que pena..."

"Ah! Meu pai chegou. Até mais."

Fui correndo até a calçada enquanto meu pai ainda manobrava o carro.

"Ei, Nikki, espera um pouco! Eu só queria..."

Sem olhar para trás, abri a porta do carro e me joguei no banco de trás.

Eu estava exausta, furiosa, confusa e humilhada.

E, para piorar, eu acho que estava tendo a primeira enxaqueca da minha vida.

Só tinha certeza de uma coisa: eu não tinha energia suficiente para ficar de papo com o Brandon naquele momento.

Enquanto o meu pai arrancava, dei uma espiada no espelho retrovisor.

Sob a luz do poste, dava para ver o Brandon no meio da rua, com as mãos no bolso e com cara de chateado.

De repente, eu me senti a pessoa mais CRUEL e SEM CORAÇÃO do mundo.

Coloquei a cabeça entre as mãos e chorei bem ali no banco de trás.

POR QUE eu estava agindo feito uma louca?

POR QUE tudo era tão complicado?

POR QUE eu estava chateando uma pessoa com quem me importava tanto?

Era só mais um dia TERRÍVEL na vida PATÉTICA de uma baladeira nada glamourosa ☹!

DOMINGO, 20 DE OUTUBRO

Quando acordei hoje de manhã, eu até que estava bem-humorada.

O que durou uns trinta segundos.

Daí, todas as lembranças HORRÍVEIS da festa da MacKenzie começaram a inundar meu cérebro como se fossem um tsunami.

Deu vontade de me enfiar debaixo das cobertas e ficar escondida ali até o fim do ano letivo.

Agora estou me sentindo profundamente deprimida ☹.

Cheguei minha caixa postal e não fiquei surpresa ao ver que a Chloe e a Zoey tinham deixado um monte de mensagens.

Mas decidi NÃO ligar de volta. A última coisa que eu estava a fim de fazer era passar três horas ao telefone explicando como a MacKenzie e a Jessica haviam me torturado e destruído meu vestido.

Contudo, eu não podia culpar a Chloe e a Zoey por terem ficado superbravas comigo. Afinal de contas, eu tinha simplesmente desaparecido da festa.

Eu só queria dar o fora de lá o mais rápido possível. Mas acho que SURTEI!

Enfim, perto do meio-dia, minha mãe subiu até o meu quarto para dizer que o almoço estava pronto. Daí, completamente do nada, ela abriu um sorriso enorme e disse: "Adivinha só, querida! Tenho uma surpresinha para você!"

105

EU, TENTANDO ADIVINHAR O QUE TINHA DENTRO DA CAIXA

E NÃO. NÃO achei que ela finalmente tivesse me comprado um celular. Mesmo que eu estivesse querendo um, tipo, há SÉCULOS!

Parece que o meu pai estava mexendo em algumas coisas no sótão e encontrou uma caixa com as fantasias que minha mãe usou nas peças de Shakespeare que encenou na faculdade.

Quando ela me mostrou a fantasia de Julieta, fiquei, tipo, UAU!

O vestido era feito de um veludo roxo lindíssimo e tinha bordados dourados nas mangas e na saia.

Dentro da caixa, havia ainda uma peruca cacheada e uma máscara decorada com contas roxas, fitas e penas.

Parecia a roupa de uma princesa de verdade. E estava em ótimo estado, mesmo após ter ficado guardada por tantos anos.

Como o vestido era de amarrar na frente, minha mãe achou que ficaria perfeito em mim. Ela disse que eu poderia usá-lo na festa de Halloween.

Agradeci e disse que era a melhor fantasia do mundo.

Mas, quando ela implorou para que eu experimentasse, gaguejei um pouco e dei a desculpa de que tinha de estudar para uma prova difícil. E prometi que experimentaria depois do jantar.

O que, aliás, era mentira. Eu tinha AMADO aquela fantasia.

Mas não pretendia usá-la.

NUNCA!

Depois do desastre da noite passada, só de pensar em ir a outra festa, eu já começava a ficar com vontade de... VOMITAR!

Acho que ainda estou traumatizada ou algo assim.

No momento, meu plano é não ir à festa de Halloween e me dedicar exclusivamente à festa do balé da Brianna. Já gastei o dinheiro que recebi como pagamento, então NÃO TENHO mais como escapar dessa.

Mas nem vou me estressar muito com isso. Tipo, o que poderia dar errado numa festinha para crianças de 6 anos de idade?!

Passarei o resto da noite de Halloween sentada na minha cama, mal-humorada, de pijama, olhando para as paredes.

O que, por algum motivo, sempre faz com que eu me sinta melhor ☺.

Só espero que a Chloe e a Zoey não fiquem zangadas comigo e não deixem de ser minhas amigas.

Amizades são TÃO complicadas!

O que, aliás, me faz lembrar que NÃO estou nem um pouco ansiosa para ver o Brandon amanhã na aula de biologia.

Aquele olhar dele não me sai da cabeça.

Estou me sentindo péssima por ter agido daquela maneira, mas não pude evitar.

Tenho certeza de que, a essa altura, ele

ME ODEIA DO FUNDO DA ALMA!!

Se eu fosse ele, com certeza me odiaria. ☹!!

SEGUNDA-FEIRA, 21 DE OUTUBRO

A MacKenzie e a Jessica passaram o dia todo me encarando com aquele olhar maligno e cochichando sobre mim.

Estou tão cheia delas que me dá vontade de GRITAR!

Ao que tudo indica, elas estão furiosas comigo por causa daquele fiasco com a fonte de chocolate.

E a MacKenzie está espalhando o boato de que eu fui à festa dela só para tentar humilhá-la, assim o Brandon desistiria de convidá-la para a festa de Halloween.

Mas foi tudo culpa DELAS!

Se a Jessica não tivesse batido no meu prato daquele jeito, os pedaços de fruta nunca teriam caído na fonte e ela não teria parado de funcionar.

Eu não suporto a MacKenzie, mas NUNCA tentaria estragar sua festa de aniversário.

Porque, né, isso seria superimaturo.

Embora eu não tenha visto a Chloe e a Zoey desde a festa, elas já devem estar sabendo das fofocas.

Eu não fiquei nem um pouco surpresa ao ver que elas tinham deixado um recado no meu armário.

NIKKI,

O QUE ESTÁ ACONTECENDO?! ☹

PRECISAMOS MUITO FALAR COM VOCÊ!

ENCONTRE A GENTE NO DEPÓSITO DO ZELADOR NA HORA DO ALMOÇO.

CHLOE + ZOEY

Eu não tive escolha, a não ser ir até lá e explicar cada detalhezinho do que tinha acontecido e o motivo de eu ter ido embora da festa.

Só que preferi não contar o lance do Brandon, porque ainda estava um pouco confusa quanto a isso.

Fiquei COMPLETAMENTE surpresa quando a Chloe e a Zoey ficaram SUPERbravas.

Não comigo, mas com a Jessica e a MacKenzie.

Elas disseram que tinham desconfiado de que algo ruim tinha acontecido comigo. Afinal, eu havia saído da festa de repente e não tinha avisado nada para elas.

Elas me abraçaram e disseram que estavam tristes porque tive que aguentar aquela barra sozinha.

Obviamente, isso me fez chorar.

Então eu, a Chloe e a Zoey demos uma boa chorada em grupo.

Foi ideia da Chloe sairmos da equipe de limpeza. E a Zoey concordou na hora.

Elas disseram que NÃO iríamos mais tolerar o bullying da MacKenzie e da Jessica.

Não dava para acreditar naquilo! Eu sabia que a Chloe e a Zoey estavam morrendo de vontade de ir à festa e fazer todo aquele lance de "Estou com um dos caras da banda".

A não ser, é claro, que o Jason e o Ryan as convidassem para ir com eles, o que não tinham feito... ainda.

Mas elas disseram que não tinha problema. E, mesmo que nós três não fôssemos à festa de Halloween deste ano, poderíamos ir no ano que vem.

Eu NÃO podia acreditar que minhas melhores amigas eram tão maravilhosas e fariam esse IMENSO sacrifício por MIM!

Fiquei com um grande nó na garganta e me deu vontade de chorar de novo.

A Zoey escreveu uma carta anunciando que estávamos deixando a equipe de limpeza e nós três assinamos.

Daí, entregamos a carta para a Jessica, já que a MacKenzie a havia escolhido como secretária particular encarregada de todas as correspondências oficiais relacionadas aos comitês da festa de Halloween.

Em um primeiro momento, a Jessica ficou apenas nos olhando com desprezo.

Então, arrancou a carta da minha mão.

"Já tava na hora de você escrever uma carta pedindo desculpas para a MacKenzie. A pobrezinha ficou traumatizada. Agora vamos esperar que ela aceite. Se eu fosse ela, com certeza não aceitaria!"

Não consegui acreditar que a Jessica tinha dito aquilo.

Quando a MacKenzie abrir a nossa carta, terá uma surpresa e tanto. E, obviamente, vai ter um ataque de raiva e se fazer de vítima.

Eu vou precisar de anos de terapia intensiva, só para superar o fato de o meu armário ficar ao lado do dela.

Aliás, hoje na aula de biologia, o Brandon mal me falou oi e depois me ignorou durante a aula toda.

Acho que ele também está zangado comigo.

Às vezes, tenho a sensação de que o mundo INTEIRO está zangado comigo.

TANTO FAZ!!! ☹!!

TERÇA-FEIRA, 22 DE OUTUBRO

Hoje começamos as aulas de ginástica olímpica na educação física.

Acho que eu devo ser alérgica a ginástica olímpica, porque, sempre que chego a menos de três metros de algum dos equipamentos, começo a ter um treco.

Nossa professora de educação física colocou a Chloe e a Zoey no nível intermediário, porque elas são muito boas.

Mas eu fiquei no grupo das iniciantes. Ela disse que eu precisava trabalhar muito as "habilidades básicas".

A primeira habilidade básica que ela me mandou treinar se chamava "não cair".

Por incrível que pareça, aprendi bem rápido.

E eu sabia que, com coragem e disciplina, tinha potencial para tirar nota 10. Assim como aquelas garotas da equipe olímpica de ginástica.

EU NA TRAVE DE EQUILÍBRIO, TENTANDO "NÃO CAIR"

EU NAS BARRAS ASSIMÉTRICAS, TENTANDO "NÃO CAIR"

EU NO CAVALO, TENTANDO "NÃO CAIR"

A professora de educação física disse que estava muito orgulhosa do meu progresso na aula de hoje e me deu nota 8.

Devo confessar que meu respeito pelas ginastas cresceu muito, principalmente por aquelas que são especialistas em "não cair".

A MacKenzie está na nossa turma de educação física, e não fiquei surpresa quando ela disse para mim, para a Chloe e para a Zoey que teríamos outra reunião de emergência hoje.

Ela falou que o assunto principal seria a aprovação de alguns pedidos de desistência e que nossa presença era obrigatória.

Ficamos felizes e aliviadas por ela ter nos deixado sair. Então, pulamos mais uma vez o almoço e fomos direto para o auditório.

A MacKenzie começou a reunião dizendo que todas as desistências tinham de ser aprovadas por ela. E que, até que isso acontecesse, eu, a Chloe e a Zoey ainda éramos membros oficiais do comitê de limpeza.

Então, as coisas começaram a ficar bem ESTRANHAS.

Ela ficou muito emocionada e disse: "Devido a um recente incidente em minha vida — provocado por uma pessoa que prefiro não mencionar —, não poderei mais ser a coordenadora da festa e coloco meu cargo à disposição. Mesmo assim, vou apoiar o evento comparecendo a ele, *SE* for mesmo acontecer".

Então, como se aquilo tivesse sido combinado, TODOS os membros do comitê de execução renunciaram também. Depois os do comitê de alimentação. Depois os do de entretenimento, publicidade e decoração.

A MacKenzie abriu um sorriso imenso e disse: "Como coordenadora, eu aprovo oficialmente todas as desistências, inclusive a minha. Agora, todos os ex-membros dos comitês podem sair".

Eu e os demais membros da equipe de limpeza ficamos lá sentados, em choque, enquanto todas as outras pessoas levantavam e saíam da sala.

Exceto a MacKenzie.

"AI, MEU DEUS! Parece que esqueci de julgar os pedidos de desistência de vocês. O que, aliás, significa que VOCÊS cinco são os novos responsáveis pela festa. Se resolverem mesmo realizá-la, é melhor começarem logo, porque terão muito trabalho pela frente. E, se decidirem cancelar tudo, não esqueçam de avisar o diretor Winston e o conselho estudantil. Se bem que, se estivesse no lugar de vocês, eu não

121

gostaria de desapontar o colégio inteiro. Boa sorte! OTÁRIOS!"

Eu apenas suspirei e revirei os olhos.

"MacKenzie, você ADORA um drama. Você não pode simplesmente sair desse jeito!"

"Ah, é?! POIS EU JÁ SAÍ!!"

Então ela gargalhou como uma bruxa e saiu do auditório rebolando.

ODEIO quando a MacKenzie rebola!

No sexto período, o colégio todo estava fofocando sobre a desistência da MacKenzie e dos outros membros do comitê.

Todos estavam dizendo que a festa de Halloween ou seria cancelada ou seria um completo DESASTRE!

SABE POR QUÊ?

Porque ninguém achava que a equipe de limpeza — eu, a Chloe, a Zoey, a Violet e o Theodore, as pessoas mais TONTAS do colégio — seria capaz de organizar o evento mais importante do semestre.

E eles tinham toda razão!

☹!!

QUARTA-FEIRA, 23 DE OUTUBRO

Passei a noite toda me revirando de um lado para o outro na cama e mal consegui dormir.

Além disso, tive o pesadelo mais terrível de todos.

Eu estava dançando na festa de Halloween fantasiada de barra de chocolate.

Por algum motivo, eu não conseguia sentir meus pés, meus dedos ou minhas pernas.

De repente, percebi apavorada que meu corpo estava derretendo e formando uma poça de chocolate quente e melequenta.

E, mesmo gritando desesperadamente por ajuda, todas as pessoas da festa ficaram rindo de mim e mergulhando pedaços de frutas nas partes derretidas do meu corpo.

Isso é o que eu chamo de experiência TRAUMATIZANTE!

Cara, fiquei muito aliviada quando percebi que era só um pesadelo.

Hoje de manhã, nós, membros da equipe de limpeza, fizemos uma reunião de emergência na biblioteca para falar sobre a festa de Halloween.

Só que dessa vez ERA mesmo uma emergência, porque tínhamos que decidir se a festa seria cancelada ou não.

Eu estava na biblioteca escrevendo no meu diário e esperando os outros chegarem quando o Brandon apareceu.

Fiquei surpresa ao vê-lo. Principalmente porque parecia que ele estava me evitando nos últimos dias.

Ele colocou uma pilha de livros na mesa da recepção e meio que hesitou um pouco, como se estivesse nervoso ou algo assim. Então, finalmente, veio na minha direção.

"Então, é... como tá o lance da festa de Halloween?"

"NÃO tá. Você não ficou sabendo? A MacKenzie desistiu. E levou praticamente TODOS os membros dos comitês com ela."

"Ainda sobraram alguns, não sobraram?"

"Infelizmente, nós temos uma reunião daqui a dez minutos para cancelar oficialmente a festa", respondi, enquanto olhava para o relógio. "Tô só esperando eles chegarem."

O Brandon cruzou os braços e suspirou. "Que pena. Eu tava super a fim de ir."

Tenho que admitir, ele PARECIA mesmo um pouco decepcionado. E, por algum motivo, isso me incomodou.

"Bem, tenho certeza de que você e a MacKenzie vão encontrar outra coisa pra fazer na noite de Halloween. Talvez vocês possam sair por aí pedindo 'doces ou travessuras', né?"

Joguei a cabeça para trás e dei uma risadinha falsa para disfarçar minha irritação.

"MacKenzie? Quem disse que eu ia com ela?"

"Humm... todo mundo!"

"Bem, então acho que todo mundo tava enganado", o Brandon falou, encolhendo os ombros.

Olhei para ele sem poder acreditar. MEU DEUS! Ele tinha acabado de dizer que NÃO ia com a MacKenzie! O QUÊ?! Como assim ele NÃO ia com ela?

"Então *alguém* precisa avisar isso pra ela. Ela já tinha até escolhido uma fantasia pra você."

O Brandon olhou pela janela da biblioteca como se aquele assunto o deixasse morrendo de tédio. "Eu avisei. Ela me convidou para ir com ela e eu disse não."

"Você disse NÃO para a MacKenzie?!", perguntei, tentando não parecer muito surpresa.

COMO ele podia dizer não para a MacKenzie? POR QUE ele diria não para a MacKenzie? Ninguém NUNCA diz não para a MacKenzie!

"Ela disse que, nesse caso, ia cancelar tudo", o Brandon contou, parecendo realmente aborrecido.

"Peraí! Você tá falando sério? A MacKenzie disse que ia cancelar a festa do colégio inteiro se você não concordasse em ir com ela?"

"Mais ou menos isso."

"Como ela pôde? Isso é... isso é LOUCURA!"

"É, ela armou pra cima de vocês."

Tentei organizar na minha cabeça tudo que ele tinha acabado de contar.

"Tá bom. Então a MacKenzie desiste e, como a festa vai ser cancelada, ninguém vai descobrir que ela estava mentindo quando disse que ia com você. E, no fim das contas, o colégio inteiro fica furioso com A GENTE, e não com ELA! INACREDITÁVEL!"

"Se vocês cancelarem a festa, ela vence", o Brandon falou sem rodeios.

"NOSSA! Isso é tão... NOSSA!! Eu nem sei como a gente seria capaz de fazer isso."

O Brandon sorriu e piscou para mim. "Você vai dar um jeito. Acho que a MacKenzie encontrou uma adversária à altura."

"Escute, amigo. Você já viu quem são os membros da equipe de limpeza?! Na verdade, VOCÊ deveria estar com medo! Com MUITO medo!!"

Nós dois rimos muito da minha piadinha boba. Era meio estranho, mas conversar com o Brandon não só me deu uma nova perspectiva das coisas, mas também fez com que eu me sentisse MUITO melhor.

Logo nós já estávamos falando sobre o colégio e essas coisas. Tudo estava indo muito bem, até que ele sorriu para mim de um jeito envergonhado e olhou fundo nos meus olhos.

Óbvio que eu fiquei vermelha na hora.

Daí ficou um silêncio tão grande que dava para ouvir os ponteiros do relógio da biblioteca se mexendo.

Eu acho que ele também ficou um pouco constrangido, porque mordeu o lábio e ficou tamborilando com os dedos na prateleira de revistas.

De repente, ele deu um tapa na testa e me olhou de um jeito superpateta, mas muito fofo.

"Dã! Quase esqueci o motivo pelo qual vim até aqui."

"Sim, eu também". Fui até a mesa da recepção e comecei a verificar no sistema a pilha de livros que ele estava devolvendo. "Parece que nenhum deles está atrasado. Então, você está devolvendo..."

O Brandon não me deixou terminar a frase. "Não, na verdade eu vim aqui perguntar se você gostaria de ir à festa comigo."

Meu queixo caiu e eu fiquei olhando para ele.

NÃO podia acreditar no que tinha acabado de ouvir.

"Espera um pouco. Eu ouvi direito? Você acabou de perguntar se..."

"É isso mesmo."

"Ah! É... pode ser! CLARO! Acho que sim", gaguejei, mais vermelha que nunca. "SE a festa sair."

Eu estava tentando parecer indiferente em relação àquilo tudo. Mas na minha cabeça eu estava, tipo:

SIIIIIIIIIMMM ☺!!

"Legal", o Brandon disse, concordando com a cabeça e parecendo um pouco aliviado. "Ótimo. Avise se precisarem de ajuda."

"Claro! E obrigada! Você sabe... por ter me convidado." Eu não conseguia parar de sorrir de orelha a orelha.

"Ah, tranquilo. Bem, preciso ir. Vejo você na aula de biologia."

Ainda um pouco zonza, observei enquanto ele caminhava até a porta e desaparecia no corredor.

FINALMENTE!

O Brandon tinha me convidado para ir com ele à festa de Halloween!!!

Fiquei tão feliz que comecei a fazer minha "dancinha feliz do Snoopy".

Logo em seguida, a Chloe, a Zoey, a Violet e o Theo chegaram, e a nossa reunião começou.

Quando contei a eles o motivo pelo qual a MacKenzie havia cancelado a festa, eles mal puderam acreditar.

Quem podia imaginar que a garota era tão maldosa, egoísta e manipuladora?

Isso é que é ser MÁ! Perto da MacKenzie, o Lorde Voldemort parece um dos Backyardigans!

Só estou avisando...!

Quando a reunião terminou, a gente tinha chegado a dois consensos.

Em primeiro lugar, NÃO deixaríamos a MacKenzie se dar bem com seu plano.

E, em segundo lugar, os alunos da WCD teriam a melhor festa de Halloween DA HISTÓRIA!

Um oferecimento da equipe de limpeza ☺!!

A única coisa que me incomodou é que eu teria mais trabalho do que imaginava.

Eu precisaria:

1. Ajudar na festa de Halloween do balé da Brianna.

2. Trabalhar no comitê da festa.

3. Participar daquele lance de "Estou com um dos caras da banda" com a Chloe e a Zoey.

E:

4. Ser a acompanhante oficial do Brandon!

TUDO AO MESMO TEMPO!

Passei de "socialmente rejeitada" a "socialite chique" da noite para o dia.

Mas eu tinha certeza de que todos os conflitos de horário acabariam se resolvendo no fim das contas.

Tipo, é só ver os exemplos daquelas baladeiras de Hollywood.

Elas não vão a várias festas em várias cidades ao mesmo tempo, enquanto saem com as melhores amigas e o namorado?

Se elas conseguem fazer isso, não pode ser tão DIFÍCIL assim!!

E todo mundo sabe que o QI dessas celebridades, mesmo somado, é menor que o de um aparelho dentário.

A boa notícia é que meus dias de baladeira nem um pouco glamourosa finalmente terminaram.

☺!!

QUINTA-FEIRA, 24 DE OUTUBRO

A sra. Peach permitiu que nos encontrássemos todas as manhãs na biblioteca para planejar a festa de Halloween.

Ela é MUITO QUERIDA!

Fizemos uma votação e eu fui eleita coordenadora.

O que significa que vai ser MINHA culpa se tudo der errado!

A Violet ficou responsável pelo entretenimento, a Zoey pela execução, a Chloe pela decoração e o Theo pela limpeza.

Todos concordaram que seria bom que eu cuidasse também da divulgação, porque eu poderia fazer uns cartazes superlegais.

Mas ainda precisávamos de alguém que ficasse responsável pela alimentação.

E de mais umas 24 pessoas para darem uma mão.

137

Foi quando tive a brilhante ideia de criar uma nova lista de inscrições e colocá-la no mural em frente à secretaria para tentar recrutar voluntários.

Sério, algumas GDPs são tão IMATURAS!

A boa notícia é que temos uma nova voluntária, Jenny Chen.

Como estamos superdesesperados, sugeri que cada um de nós chamasse um ou dois amigos para dar uma mão.

O Brandon apareceu de novo para tirar a foto oficial do comitê da festa de Halloween para o anuário.

Então eu acho que isso quer dizer que fomos oficializados ☺!

Quando a reunião acabou, decidi surpreender a Chloe e a Zoey com a grande notícia de que o Brandon tinha me convidado para a festa.

Eu estava morrendo de vontade de contar para elas desde ontem, mas estava esperando o momento ideal.

Eu estava prestes a dar a notícia quando vimos o Jason e o Ryan, os meninos de quem elas são a fim, flertando com duas GDPs na biblioteca.

Se a Chloe e a Zoey estavam em dúvida se eles as convidariam para a festa, já tinham a resposta.

NÃO, em alto e bom som!!

Não dava para acreditar que o Jason e o Ryan tinham convidado a Sasha e a Taylor, duas líderes de torcida, para a festa. Na frente da Chloe e da Zoey!

Bem, talvez não tenha sido exatamente na frente delas, porque nós três estávamos espionando por trás de uma estante de livros. Mas mesmo assim...!!

De repente, ficou MUITO claro para mim que as duas horas que o Jason e o Ryan passaram dançando com a Chloe e a Zoey na festa da MacKenzie não tinham significado nada para eles. Esses garotos tinham simplesmente descartado minhas amigas, como se elas fossem lencinhos de papel usados, e convidado aquelas GDPs para a festa.

A Chloe e a Zoey ficaram com o coração partido.

Mas elas disseram que ter uma amiga tão compreensiva como eu tornava a desgraça de um romance malsucedido muito mais fácil de ser superada.

Depois disso, eu não consegui dizer a elas que o Brandon e eu íamos juntos à festa.

Fiquei TÃO triste por elas.

Mas também tenho meus próprios problemas para me preocupar. Andei tão OBCECADA com a festa de Halloween que esqueci COMPLETAMENTE que tínhamos prova de geometria hoje.

141

A professora nos deu uma questão bem complicada, e tínhamos exatos 45 minutos para descobrir os valores de X, Y e Z.

No começo, fiquei apenas olhando para a folha em branco e comecei a entrar em pânico.

Então eu percebi que estava transformando a questão em algo muito mais complicado do que era de fato.

Devo ter me transformado em alguma espécie de gênio da matemática, porque, de uma hora para outra, entendi exatamente o que deveria fazer.

Acabei terminando a prova em pouquíssimo tempo.

Então tirei um cochilo enquanto as outras lesmas tentavam resolver a questão antes que o tempo acabasse.

Depois que todo mundo terminou, a professora recolheu as provas, deu as notas e as devolveu para nós.

Dei uma olhada na minha e fiquei totalmente
CONCHOCIONADA!!

O que, aliás, quer dizer confusa, chocada e decepcionada ao mesmo tempo.

Foi quando perdi completamente a cabeça e gritei para a professora: "Desculpe, mas o que é essa tinta vermelha? Parece até que você teve um sangramento no nariz e decidiu usar a minha prova como lenço de papel!"

Mas isso tudo eu disse dentro da minha cabeça, então só eu mesma escutei.

Apesar de que, preciso admitir, essa professora NÃO FOI a primeira pessoa a criticar minhas habilidades matemáticas.

No ano passado, eu me inscrevi para ser monitora de matemática numa turma de alunos mais novos.

Eu estava superempolgada, porque ganharia dez dólares por hora de trabalho.

E se, até o fim do ano letivo, eu tivesse trabalhado cem mil horas, teria dinheiro suficiente para me tornar milionária!

Com essa grana toda, eu poderia comprar algumas coisas fundamentais para minha sobrevivência, como um iPhone, roupas de marca, materiais de arte E um helicóptero particular para me levar ao colégio todas as manhãs.

Tipo, não seria MUITO divertido se eu realmente tivesse um helicóptero?!

Eu, a Chloe e a Zoey teríamos a melhor carona do colégio.

E a MacKenzie e as outras GDPs ficariam com MUITA inveja de nós.

Enfim, minha primeira semana como monitora de matemática foi muito boa. Eu já estava ADORANDO a minha futura vida de milionária.

Infelizmente, quando todos receberam seus deveres de matemática de volta, algumas reclamações começaram a chegar.

Eu fiquei me sentindo MUITO mal por causa daquilo.

Então, tentei dizer alguma coisa bem positiva para dar uma incentivada e ajudar os alunos a levantar a autoestima.

Mas acho que a minha maneira otimista de encarar os fatos não ajudou ninguém a se sentir melhor.

Então, eu abandonei o cargo de monitora e devolvi todo o dinheiro que já tinha recebido.

Achei que era o melhor a fazer.

Além disso, eu tenho MUITA alergia a multidões irritadas.

MEU DEUS!! Tive uma reação tão forte que achei que teria de chamar uma ambulância ou alguma coisa assim.

Ainda bem que, no fim do semestre, quando minha professora de geometria calcula nossa média, ela elimina a nota mais baixa.

Mas mesmo assim! Se meus pais descobrem que fui tão mal na prova de geometria, eles

ME MATAM!!☹!!

SEXTA-FEIRA, 25 DE OUTUBRO

AAAAAAAAAHHHHHHHHHHH!!

Estou tão FURIOSA com a MacKenzie Hollister que eu seria capaz de... literalmente... CUSPIR NELA!

Não só por ela ter ARRUINADO completamente as chances de o colégio ter uma festa de Halloween ao abandonar as coisas no último minuto, mas também por fazer de tudo para transformar o que já tinha sido feito em um CAOS completo.

Eu não tinha ideia de que a situação estava tão crítica até a reunião de hoje de manhã, quando pedi que cada comitê apresentasse um relatório da situação atual.

A Zoey foi a primeira. Ela disse que a MacKenzie havia combinado com os pais de algumas das GDPs para que eles pagassem os custos do aluguel do mesmo salão em que tinha sido sua festa de aniversário.

Porém, quando a Zoey ligou para o salão para saber em que horário ele estaria disponível, descobriu que nossa reserva havia sido CANCELADA pela antiga coordenadora.

Como as GDPs não tinham mais nada a ver com a festa, é claro que os pais delas não pagariam o aluguel de um salão chique.

Ou seja, não tínhamos mais um lugar onde fazer a festa ☹!

Foi quando sugeri que a Zoey falasse com o diretor Winston para saber se podíamos usar o ginásio ou o refeitório.

Mas a Zoey respondeu que já tinha tentado.

O refeitório também não estava disponível porque, no mesmo dia da festa, haveria um evento beneficente para arrecadação de fundos para o Unicef, e o ginásio estaria interditado por causa de uma reforma que tinha de ficar pronta antes do início do campeonato de basquete.

"Resumindo, a gente não tem lugar pra fazer a festa. E não temos dinheiro pra PAGAR o aluguel de um salão. Esse é o fim do meu relatório. Alguma dúvida?", disse a Zoey, enquanto se sentava desanimada.

Ninguém tinha dúvida. O que, por sinal, era ótimo, porque a Zoey NÃO se encontrava no melhor dos humores.

Eu agradeci a ela por compartilhar conosco seu relatório detalhado e esclarecedor.

A Violet era a próxima a apresentar seu relatório, que dizia respeito ao comitê de entretenimento.

Ela explicou que a banda contratada para a festa havia sido dispensada pela antiga coordenadora. E eles já tinham marcado outro compromisso para o dia da festa, mas o empresário deles nos devolveria todo o dinheiro. Em dez dias.

"Até agora, não encontrei nenhuma banda que esteja disponível para uma apresentação na semana que vem e disposta a trabalhar DE GRAÇA. Ou seja, ainda não temos uma banda para a festa."

Eu agradeci a Violet por compartilhar conosco seu relatório detalhado e esclarecedor.

Os comitês de decoração e alimentação estavam na mesma situação.

A Chloe disse que a encomenda de enfeites de Halloween havia sido cancelada, e a Jenny contou que o bufê e os garçons tinham sido dispensados. E tanto a Chloe quanto a Jenny receberam promessas de que o dinheiro seria devolvido. DEPOIS da festa.

O Theo acrescentou que, SE houvesse festa, ele estava disposto a limpar tudo depois que ela terminasse.

Como coordenadora da festa de Halloween, a minha reputação estava completamente em jogo. Mas, graças à MacKenzie, não tínhamos lugar onde fazer a festa, não tínhamos banda, enfeites nem comida ou bebida.

E, para garantir que a festa seria mesmo um FRACASSO total, ela ajeitou tudo para que não tivéssemos nem um centavo para PAGAR o salão, a banda, os enfeites, as comidas e as bebidas.

Fizemos uma votação e a decisão foi unânime. A festa de Halloween estava oficialmente

CANCELADA!

Todos na sala ficaram tristes e em silêncio, e eu senti vontade de chorar.

E, apesar de NADA disso ter sido culpa nossa, não conseguia deixar de pensar que decepcionamos o colégio todo.

O pior de tudo é que era minha obrigação avisar isso para todos os alunos.

Decidi que só faria isso na segunda-feira.

Logo, logo, o mofo escuro que crescia no chuveiro do vestiário seria mais popular que eu.

Depois da aula, meu pai me pediu para recolher as folhas secas do quintal. Ele disse que eu deveria juntá-las com um ancinho, e a Brianna ficaria responsável por colocá-las dentro de um saco de lixo.

EU ODEIO, ODEIO, ODEIO

ajudar nas tarefas domésticas com a Brianna ☹!!

Levei HORAS para amontoar todas aquelas folhas, e a Brianna não ajudou NADA!

Graças à Brianna, meu cabelo ficou cheio de folhas, ramos e outras sujeiras. Parecia que eu estava com um novo penteado afro ou alguma coisa assim!

Eu fiquei muito BRAVA! Queria enfiar minha irmã em um saco de lixo e colocá-lo na lixeira, para que ela fosse levada embora junto com as folhas.

Mas, obviamente, você não pode fazer esse tipo de coisa com sua irmãzinha ou seu irmãozinho, nem mesmo quando eles merecem. Até porque seus pais não curtiriam muito a ideia.

POR QUE, POR QUE, POR QUE

eu não sou filha ÚNICA???!!!

☹!!

SÁBADO, 26 DE OUTUBRO

Estou morrendo de dor de cabeça, e passei o dia todo superdeprimida ☹.

Desisti completamente de organizar a festa de Halloween.

A não ser que um grande milagre aconteça, NÃO vai rolar.

Além disso, eu tenho coisas mais importantes que isso para me preocupar.

Tipo a Brianna, minha irmã maluca. Parece que o medo que ela tem de fadas está piorando.

Acho que meus pais deveriam pensar seriamente em levá-la a uma psicóloga ou algo assim.

Na semana passada, a Brianna me acordou todas as noites para que eu a levasse até o banheiro, porque ela tem medo de ir sozinha.

Mas o que mais me incomodava NÃO ERA o fato de ela me acordar no meio da noite.

O que me deixava LOUCA era a MANEIRA como ela me acordava!

Se eu tivesse um pouco menos de sorte, a Brianna já teria me ARRANCADO um olho.

Então, fiz aquilo que se espera de uma MANÍACA enraivecida que está há muito tempo sem dormir.

Eu prometi à Brianna que MATARIA a fada do dente — digo, me livraria dela —, para que ela pudesse ir sozinha ao banheiro. Então eu poderia voltar a ter noites tranquilas de sono.

Assim, durante a madrugada, eu e a Brianna descemos a escada na ponta dos pés e fomos até a cozinha preparar um spray especial para expulsar a fada do dente da nossa casa.

REPELENTE DE FADAS CASEIRO DA NIKKI

1 xícara de água mineral
3/4 de xícara de vinagre
1/2 xícara de óleo de atum
1/2 xícara de óleo de sardinha
1 colher (chá) de alho picado
1 colher (chá) de cebola em pó

Coloque os ingredientes em uma garrafa e agite vigorosamente por um minuto, até misturar tudo.

Para melhor eficácia, aplique o spray em todas as áreas onde a fada não deve aparecer. O spray repele as fadas e a maior parte dos insetos voadores por 23 anos. Você pode guardar o que sobrou na geladeira por até sete dias e usar o restante como tempero de salada bem picante.

Tudo bem, eu admito que inventei a receita na hora para que a Brianna acreditasse que o repelente de fadas funcionaria.

Derramei o líquido numa garrafa vazia com borrifador, e ficou parecendo um repelente de verdade. O único problema é que a mistura tinha cheiro de peixe morto. Em um dia quente de verão.

A Brianna estava muito nervosa com tudo aquilo e tinha

medo que a fada ficasse irritada conosco se jogássemos spray nela.

Tipo, como daquela vez em que nosso pai jogou inseticida numa caixa de marimbondos e os insetos voaram atrás dele por cinco minutos pelo quintal, até ele se esconder atrás das latas de lixo.

Por isso, tive a brilhante ideia de usar uma roupa protetora. Eu não tive escolha: tinha que fazer de tudo para que a Brianna acreditasse que expulsaríamos a fada de vez.

Depois de revirar a caixa de brinquedos dela, a Brianna me passou uma máscara de mergulho azul com snorkel.

Ela disse que a máscara iria proteger os meus olhos do spray e impedir a fada de tentar arrancar meus globos oculares se ficasse muito, MUITO furiosa.

Se bem que, para ser sincera, eu estava mais preocupada com a Brianna arrancar meus olhos do que com a fada imaginária.

Daí, a Brianna me deu sua raquete de brinquedo, com uma das cordas estourada, para usar na hora de esmagar a fada.

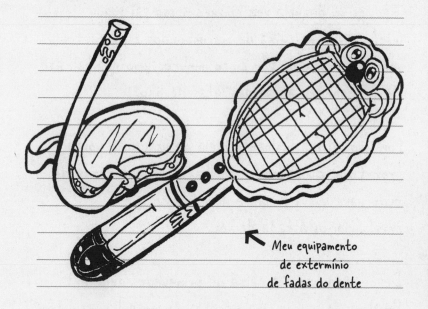

Meu equipamento de extermínio de fadas do dente

Infelizmente, assim que eu coloquei a máscara, ela ficou toda embaçada.

E não estava sendo nada fácil respirar pelo snorkel.

Eu me senti, tipo, a

SPRAYMINADORA!

HASTA LA VISTA, FADA!

Passei o repelente na cama da Brianna, no abajur e na cadeira.

Então espirrei atrás das cortinas e dentro da caixa de brinquedos.

Estava quase encerrando o trabalho quando a Brianna começou a tirar coisas de debaixo da cama para que eu espirrasse ali também.

Então ela começou a tirar um monte de coisas do armário, para que eu jogasse o spray ali também.

E ela insistiu para que eu jogasse a mistura na mochila da Hello Kitty, no CD player da Barbie e no boneco do Elmo, da *Vila Sésamo*.

Tentei convencer minha irmã de que ela não tinha com que se preocupar.

Porque, SE a fada do dente estivesse por ali, provavelmente já estaria encharcada.

A pobre fada teria que voltar correndo para a terra das fadas e ficar mergulhada por uma semana numa banheira com sabão, suco de tomate e desinfetante.

Mas a Brianna ficou resmungando muito alto e pedindo para passar também na gaveta de meias e calcinhas.

E eu, tipo: "Shhhh! Você tem que ficar quieta, ou vai acordar o papai e a mamãe! E daí A GENTE vai se meter numa encrenca!"

Logo a garrafa com o borrifador começou a fazer um barulho indicando que estava quase vazia.

Enquanto eu tentava usar o spray até a última gota, a maçaneta girou e a porta se abriu beeeeeeem devagarzinho.

Eu e a Brianna olhamos para a porta e depois uma para a outra.

E eu, tipo: *Que diabos...??!!*

"Ah, não! É a F-F-FAAADA!", a Brianna gaguejou em pânico.

Então ela se jogou dentro do guarda-roupa e fechou a porta.

Infelizmente, não era a fada. Antes fosse.

Em vez dela, eram...

MEU PAI e MINHA MÃE!! ☹

E dava para notar que eles NÃO estavam nem um pouco contentes.

Mas o mais estranho de tudo é que o olho direito do meu pai começou a tremer descontroladamente.

Deve ter sido porque o quarto estava fedendo a sardinha, atum e vinagre.

Tudo bem, eu admito que isso era motivo suficiente para os meus pais ficarem um pouco chateados comigo.

Afinal, eram duas da manhã e nós tínhamos emporcalhado o quarto da Brianna.

E borrifado spray suficiente para dedetizar pelo menos dois chiqueiros infestados de moscas.

Foi quando me veio à cabeça que talvez eu tivesse levado aquele lance da fada do dente um pouco mais longe do que deveria.

Para piorar a situação, o cheiro do spray começou a me deixar tonta e enjoada.

Ou talvez eu só estivesse com um pouco de falta de ar, por ter passado quinze minutos seguidos respirando por um snorkel.

Eu pensei que poderia ser uma boa ideia esconder o repelente de fadas e a raquete atrás das costas e fingir que não estava acontecendo nada.

E fingir até onde desse, é claro. Afinal eu me encontrava de pijama, com uma máscara de mergulho azul e snorkel.

Meus pais continuavam parados na porta com cara de espanto.

Infelizmente, o snorkel deixou minha voz parecida com a do Darth Vader.

Mas com a língua presa.

"Oi, paê. Oi, mãê. *Tchhhhh–tchhhhh*. E ae? Zinto muito por ter acordado vozês. *Tchhhhh–tchhhhh*. Eu tava zó trabalhando no meu prozeto pra feira de ziênzias e bagunzei um pouco o quarto da Brianna. *Tchhhhh–tchhhhh. LUKE, EU SOU SEU PAI!! Tchhhh–tchhhh*."

Sorte minha que os meus pais riram da brincadeira.

Daí, eu expliquei que estava apenas testando uma nova fórmula caseira cheia de utilidades, que podia ser usada como repelente de insetos, purificador de ar e tempero para salada. O nome da minha invenção era Mix Sardinha de Verão.

Disse que era um dever de casa e que valia ponto extra.

Para a aula de educação física.

E ponto extra é uma coisa boa!

Quando a Brianna saiu do guarda-roupa engatinhando, percebi na hora que eu estava perdida. Se ela falasse qualquer coisa a respeito da história que eu tinha inventado sobre a fada, seria o meu fim.

Mas ela confirmou tudo que eu havia dito e contou para os nossos pais que tinha me ajudado a criar um spray especial para expulsar pequenas criaturas malignas do quarto dela.

Ainda bem que ela não disse que a pequena criatura maligna em questão era a fada do dente!

Meus pais presumiram que devia se tratar de um inseto qualquer e acreditaram na história.

Só espero que a Brianna finalmente tenha superado o medo da fada do dente.

Mas tenho certeza de uma coisa...

Vai ser ótimo voltar a dormir sem o medo de ser acordada no meio da noite com um dos olhos caído no travesseiro e olhando para mim.

ECA!

ISSO SERIA MUITO NOJENTO!!

DOMINGO, 27 DE OUTUBRO

Já é madrugada, e eu estou tão exausta que mal consigo manter os olhos abertos.

No fim da tarde de hoje, a sra. Hargrove passou aqui para deixar o material que eu vou precisar para pintar as máscaras na festa de Halloween do balé, que será na próxima quinta-feira.

Além disso, ela me entregou um saco de lixo que continha uma "fantasia superfofa".

Ela explicou que sua sobrinha comprou a fantasia especialmente para eu usar na festa, e tinha certeza de que as crianças iriam adorar.

Naquele momento, comecei a ter um enorme mau pressentimento a respeito da sobrinha da sra. Hargrove.

E eu tipo: "Então, eu acho que a senhora nunca me disse o nome da sua sobrinha. Como ela também estuda na Westchester, eu devo saber quem é".

"Na verdade, acho que ela é bem sua amiga! O nome dela é MacKenzie Hollister! Ela me disse que seu armário fica ao lado do dela, e que você esteve na festa de aniversário dela na semana passada."

"MacKenzie?!", perguntei com um nó na garganta.

Por um momento, eu achei que fosse devolver as almôndegas que tinha comido no jantar.

"Ãã̃ã̃... é. Acho que poderíamos dizer que a MacKenzie e eu somos ótimas... vizinhas de armário."

Eu me lembrei vagamente de ter ouvido a MacKenzie mencionar uma tia chamada Clarissa no mês passado.

Quando me despedi da sra. Hargrove e subi correndo a escada até o meu quarto, minha cabeça estava rodando.

POR QUE diabos a MacKenzie disse à sua tia que eu era a melhor artista do colégio?!

Ainda mais depois de ter comparado meus trabalhos ao vômito de seu poodle.

E POR QUE ela tinha me indicado para pintar as máscaras da festa do balé?

Uma coisa estava muito CLARA: a MacKenzie estava armando algo MUITO nojento contra mim. Nojento como um RATO!!

LITERALMENTE.

Dentro daquele saco de lixo estava a fantasia de rato mais horrenda que eu já tinha visto em toda minha vida.

E o troço fedia a sovaco sujo, pizza estragada e desinfetante.

Quase tive um treco.

Cheguei à conclusão de que, provavelmente, aquela fantasia era do mascote de algum restaurante famoso frequentado por crianças. Mas cheirava tão mal que alguns clientes devem ter reclamado, e então o gerente decidiu jogá-la fora.

Daí, depois de ficar enterrada em uma lata de lixo por algumas semanas, um garoto a encontrou e decidiu vendê-la no eBay por três dólares, então torrou o dinheiro comprando músicas no iTunes.

A MacKenzie comprou a fantasia e pediu à sua tia que a entregasse para MIM!

Às vezes, fico pensando se eu sou a única aluna do colégio que acredita que sua vizinha de armário é filha do demônio.

De qualquer forma, comecei a sentir muita pena de mim mesma.

Na noite de Halloween, enquanto a maior parte dos estudantes da cidade estaria na festa de Halloween de seu colégio, eu estaria presa no Centro Recreativo de Westchester, vestindo uma fantasia fedorenta de rato e cuidando de um bando de bailarinas pirralhas.

Que DEPRIMENTE! Só de pensar, já me dava vontade de chorar.

Enquanto todos estariam se divertindo, eu teria uma noite HORRIPILANTE no Centro Recreativo!! ☹!!

Minha vida era tão PATÉTICA que me deu vontade de...

De repente, uma ideia muito louca me veio à cabeça!

Tentei ignorá-la com todas as forças, na esperança de que ela voltasse para o cantinho escuro do meu cérebro de onde saem as ideias malucas.

Então pensei: *Por que não? Por que não posso me dar bem uma única vez?*

Fui correndo até o computador e procurei na internet por todas as casas mal-assombradas da cidade.

Para minha sorte, o local em que eu estava interessada funcionava até as sete da noite aos domingos.

Telefonei para lá, falei com o administrador e expliquei minha situação. Ele concordava com todos os itens do meu plano, desde que o diretor Winston autorizasse.

Como o futuro da nossa festa estava em jogo, deixei o cara na linha e liguei para a casa do diretor, na esperança de que nós três pudéssemos fazer uma conferência por telefone.

Comecei me desculpando por incomodá-lo ao telefonar para sua casa em uma tarde de domingo e expliquei que se tratava de um assunto urgente.

Mesmo assim, levei um tempo para convencê-lo de que aquilo não era um trote e que, de fato, o administrador de uma casa mal-assombrada precisava falar com ele o mais rápido possível devido a um assunto ligado ao colégio.

Em dez minutos todos os detalhes já estavam acertados, e o diretor me deu permissão para levar o plano adiante.

Fiquei superfeliz e comecei a fazer a minha "dancinha feliz do Snoopy" mais uma vez!

Em seguida, enviei um e-mail para todas as pessoas ligadas à organização da festa:

OI, GENTE!
ME ENCONTREM NA BIBLIOTECA
ÀS SETE DA MANHÃ DE SEGUNDA-FEIRA
PARA UMA REUNIÃO DE EMERGÊNCIA!!
E PREPAREM-SE PARA ARRASAR ☺!!
NIKKI

Logo em seguida, desci a escada correndo e fui direto para a geladeira.

Vou passar a noite acordada e preciso juntar toda a energia possível para me manter disposta.

POR QUÊ?

Porque a festa de Halloween da Westchester está de volta, e com sede de vingança!

Graças à GENIALIDADE de uma coordenadora incrivelmente CORAJOSA.

Também conhecida como... EU! ☺

Minha nova ideia para a festa de Halloween é totalmente

MA-LU-CA!

Mas no bom sentido.

MEU DEUS! Já são quase seis da manhã, e a nossa reunião é em uma hora.

Preciso tomar uma chuveirada e o café da manhã...!!

☺!!

SEGUNDA-FEIRA, 28 DE OUTUBRO

Não dormi um minuto sequer na noite passada, então estou superexausta. Mas, ao mesmo tempo, estou delirando de tanta FELICIDADE ☺!!

Nós cobrimos o colégio INTEIRO com nossos cartazes e folhetos!

Agora todos estão falando da festa. Que, diga-se de passagem, vai acontecer na casa mal-assombrada do Centro Recreativo de Westchester. Todos os anos, ela é especialmente preparada para o Halloween.

Eu já ouvi as palavras "Assombração na Recreação" um milhão de vezes hoje, e não estamos nem no terceiro período.

Tem tantos alunos querendo ajudar que precisei colocar no mural uma nova lista de inscrição de voluntários, e depois anexei uma segunda página.

A nossa reunião hoje de manhã foi muito boa, e todos ajudaram expondo suas ideias. Quando o encontro chegou ao fim, 39 pessoas tinham passado por lá.

A Zoey disse que o Centro Recreativo de Westchester estava muito contente por abrigar gratuitamente a nossa festa, e que os preparativos deveriam ser feitos das três às seis da tarde do dia 31 de outubro.

A Chloe informou que os professores de artes do colégio tinham oferecido nota extra para todos os alunos que ajudassem a fazer enfeites de Halloween para a festa. E a equipe da Olimpíada de Matemática doaria duas dúzias de abóboras, que pretendiam esculpir usando variações de triângulos isósceles, equiláteros e escalenos.

A Violet comunicou que ainda não havia encontrado uma banda disposta a tocar de graça. Mas, como tinha 7.427 músicas no iTunes, podia montar uma set list e ser a DJ da festa.

O Theo acrescentou que ele e alguns outros membros do grupo de jazz do colégio tinham criado uma banda e topariam tocar de graça por 45 minutos, só pela experiência de se apresentar em público.

A Jenny disse que os alunos da aula de gastronomia tinham concordado em fazer biscoitos de chocolate e cupcakes. E os donos de uma grande pizzaria da cidade estavam dispostos a doar pizzas, ponche e alguns salgadinhos.

Daí, o pessoal do grupo de ciências se ofereceu para ajudar com os preparativos e com a limpeza.

Eu NÃO podia acreditar que todos os detalhes da festa estavam sendo resolvidos dessa maneira!

Por outro lado, eu ainda não tinha decidido que fantasia usaria na festa de Halloween.

A Chloe e a Zoey deixaram bem claro que não achavam uma boa ideia irmos vestidas de sacos de lixo. Então, pensei em usar a fantasia de Julieta da minha mãe.

A Zoey disse que vai vestida de Beyoncé, já que as duas são muito parecidas. Ela vai usar a mesma roupa que a Beyoncé usou em seu último clipe e vai distribuir autógrafos durante a festa.

ZOEY

CHLOE

A Chloe falou que pretende ir como Sasha Silver, personagem da série de livros favorita dela, Canterwood Crest, bem popular nos Estados Unidos. É sobre umas amigas supercompetitivas que fazem aula de equitação juntas. É tipo a série The Clique, mas com cavalos. A Chloe está planejando vestir uma roupa superchique de equitação e botas de montaria.

E o Brandon contou que vai ser um dos três mosqueteiros. Isso não é IRADO?! Mal posso esperar para vê-lo.

Pensando bem, estou muito feliz por não irmos fantasiadas de sacos de lixo.

Seria superconstrangedor se o Brandon me visse com uma fantasia tão boba e imatura.

Aliás, ainda não contei para a Chloe e para a Zoey que o Brandon me convidou para ir à festa com ele.

Eu ia contar na semana passada, mas quando a festa foi cancelada pensei: *Agora não importa mais.*

Se bem que, para ser sincera, eu gostaria de manter isso em segredo por enquanto.

Acho que tenho medo de o Brandon mudar de ideia por algum motivo.

E daí eu seria tão HUMILHADA que teria de pedir transferência para outro colégio ou alguma coisa assim.

Mas eu sei que, cedo ou tarde, terei de contar para a Chloe e para a Zoey.

Definitivamente... MAIS TARDE!

Agora que a festa de Halloween está de volta, acho que não vou ter tempo de pedir "doces ou travessuras" com a Brianna este ano.

Estou um pouco chateada, porque faço isso desde pequena e sempre foi tão legal!

Exceto no ano em que Chucky Reynolds, o valentão da vizinhança, começou a roubar os doces alheios.

Ele roubou inclusive os MEUS! No entanto, em vez de ficar furiosa, eu decidi dar o troco. E esperei até a noite de Halloween do ano seguinte para isso.

Uma de nossas vizinhas tinha uma horta no quintal, e percebi que tinha um monte de minhocas nos restos que ela juntava para usar como adubo. Então, eu bati na porta dela e perguntei educadamente se ela poderia me emprestar duas canecas de minhocas. Ela me olhou como se eu fosse maluca, mas disse que sim.

Não preciso nem dizer que, na noite de Halloween, acabei encontrando o Chucky. E, quando ele me obrigou a entregar os meus doces, fiquei bem feliz com a ideia.

A minha pequena travessura funcionou perfeitamente, e o Chucky Reynolds NUNCA MAIS roubou os doces de outra criança! ☺!!

TERÇA-FEIRA, 29 DE OUTUBRO

AAAAAHHHHH!!

Ok. ISSO fui eu gritando.

POR QUÊ?

Porque eu não consigo acreditar na CONFUSÃO TERRÍVEL em que me meti!

AAAAAHHHHH!!

Isso fui eu gritando DE NOVO!

Estou numa situação ruim! Numa situação PÉSSIMA!!

Pouco antes do almoço, eu recebi um bilhete da Chloe e da Zoey pedindo que nos encontrássemos no depósito do zelador.

Elas diziam que mal podiam esperar para me mostrar suas fantasias de Halloween.

Mas, mais do que qualquer coisa, eu achei que seria a ocasião PERFEITA para FINALMENTE contar a elas que o Brandon me convidou para ir à festa com ele.

Como ele não tinha dado para trás (bem, ao menos por enquanto!) e a festa seria daqui a dois dias, achei que era um bom momento para contar às minhas melhores amigas.

Então, bolei o seguinte plano...

Depois de elogiar bastante a fantasia de Beyoncé da Zoey e o traje de equitação de Canterwood Crest da Chloe, eu contaria a elas sobre a MINHA fantasia maravilhosa de Julieta. E talvez as convidasse para vê-la depois da aula.

Daí deixaria escapar:

A Chloe e a Zoey ficariam tão surpresas que começariam a gritar e a pular.

Nós encerraríamos a pequena celebração com um abraço coletivo.

Eu também estava certa de que a Chloe e a Zoey insistiriam para que nos encontrássemos durante a festa. Assim, eu poderia contar todos os babados.

O que significava que, provavelmente, eu teria que dizer ao Brandon a cada meia hora que precisava ir ao banheiro. Só para manter minhas amigas atualizadas.

ESTE era o plano PERFEITO que eu tinha em mente.

Mas, infelizmente, as coisas não saíram do jeito que eu havia planejado.

Quando cheguei ao depósito do zelador, disse à Chloe e à Zoey que eu também tinha novidades para contar.

Elas disseram: "Tá bom! Você primeiro!"

E eu disse: "Não! Vocês primeiro!"

Daí elas disseram: "Vai! VOCÊ primeiro!"

E eu disse: "Sem chance! VOCÊS primeiro!"

E elas finalmente disseram: "Tá bom! A gente primeiro".

Daí elas pediram que eu fechasse os olhos.

"SURPRESA!! Estas são as NOSSAS fantasias!!"

Quando abri os olhos, esperava ver uma fantasia de Beyoncé e trajes de equitação.

Mas, em vez disso, vi TRÊS fantasias de saco de lixo!!

Era exatamente a fantasia de saco de lixo que eu havia sugerido duas semanas atrás, e que a Chloe e a Zoey tinham achado uma DROGA!

"Não ficaram FOFAS?!", a Chloe disse, sorrindo muito e pulando.

"Você não AMOU?!", a Zoey falou enquanto ria.

"Nós achamos que, já que vamos passar a festa toda juntas...", a Chloe começou.

"Podíamos ficar juntas como três SACOS DE LIXO!", a Zoey completou.

"AI, MEU DEUS! AI, MEU DEUS! Vocês... vocês NÃO DEVIAM ter feito isso!", gaguejei.

Só que, tipo, eu estava falando *realmente* sério.

"Bem, já que você estava morrendo de vontade que fôssemos vestidas de sacos de lixo, a gente não queria desapontá-la. Principalmente depois que você topou entrar para a equipe de limpeza com a gente.

E, se não fosse por você, nem sequer teríamos uma festa", a Chloe disse com lágrimas nos olhos.

"É, a gente estava sendo um pouco egoísta com esse lance das fantasias. Então a gente se encontrou na casa da Chloe ontem depois da aula e trabalhou até meia-noite. Era o mínimo que a gente podia fazer para demonstrar nossa gratidão por ter uma amiga tão incrível como você!", a Zoey falou, enxugando os olhos.

"Sim, uma amiga que fica do nosso lado nos bons e nos maus momentos, não importa o que aconteça!", acrescentou a Chloe.

Então a Chloe e a Zoey me agarraram e nós demos um abraço coletivo.

Daí elas perguntaram: "Ok. E o que VOCÊ queria NOS contar?!"

Fiquei lá parada olhando para elas e me sentindo REALMENTE péssima!

Não dava para acreditar que elas tinham desistido de usar aquelas fantasias superlegais.

Para se vestirem com uma DROGA de fantasia de saco de lixo?!

SÓ POR MINHA CAUSA??!!

Eu não merecia amigas tão maravilhosas quanto a Chloe e a Zoey!

Mas uma parte de mim estava se sentindo mal, porque sabia que amizades verdadeiras deveriam se basear em honestidade.

Ou seja, eu não tinha escolha a não ser contar a verdade para elas...

Que o Brandon tinha me convidado para ir à festa com ele e que eu tinha aceitado o convite.

Que eu pretendia passar a maior parte da noite com ele. E não com elas.

Que eu queria ir fantasiada como uma linda, romântica e encantadora Julieta. E NÃO como um saco de lixo.

Então eu disse tudo isso a elas.

"Chloe e Zoey, me desculpem, mas eu NÃO POSSO usar essa fantasia de saco de lixo nem ficar com vocês na festa!"

Primeiro, elas ficaram confusas e pareceram um pouco chocadas.

"Como assim...?", a Zoey perguntou.

"Eu nã—não tô entendendo...!", gaguejou a Chloe.

Então, conforme foram assimilando, elas foram ficando cada vez menos confusas e mais chateadas, e as duas ficaram me encarando.

Ok, eu gostava muito do Brandon e queria muito, muito ir à festa com ele.

Mas não podia fazer isso com as minhas melhores amigas DE JEITO NENHUM.

Então sorri para elas e comecei a fazer gracinhas para melhorar o clima.

"Ãã... o que eu quis dizer é que... não posso usar essa fantasia nem ficar com vocês... A NÃO SER que a gente use luvas de borracha amarelas, umas perucas bizarras e óculos escuros!! Nós precisamos disso! Não é?"

A Chloe e a Zoey pareceram superaliviadas e sorriram para mim.

"MEU DEUS! Você quase fez a gente ter um troço!", suspirou a Chloe.

"Luvas de borracha, perucas e óculos escuros, é pra já!", anunciou a Zoey. Ela abriu a mochila e tirou dali cada uma dessas coisas.

"Ótimo! Então, acho que estamos prontas pra ARRASAR!", comentei sorrindo.

Mesmo que, por dentro, eu estivesse tão frustrada que tinha vontade de chorar.

"Vamos nos divertir MUITO!!", exclamou a Zoey.

"Mal posso esperar!!", a Chloe riu.

E esse é o motivo pelo qual estou gritando no meu quarto neste momento.

AAAAAHHHHH!!

Principalmente porque a noite de quinta-feira pode se tornar um grande DESASTRE.

Eu tenho que usar uma fantasia de rato e tomar conta de umas pirralhas bailarinas.

Tenho que usar uma fantasia de Julieta e ficar com o Brandon.

E AINDA tenho que usar uma fantasia de saco de lixo e ficar com a Chloe e a Zoey!

Tudo ao mesmo tempo!

Como é que fui me meter nessa CONFUSÃO?!

Tudo bem, eu tive uma ideia...

Posso telefonar para a sra. Hargrove, para o Brandon, para a Chloe e para a Zoey e dizer a eles que estarei doente na noite de quinta-feira porque acabei de pegar PESTE BUBÔNICA.

AAAAAHHHHH!!

QUARTA-FEIRA, 30 DE OUTUBRO

No café da manhã de hoje eu

QUASE MORRI DE NOJO!!

Acho que perdi o apetite pelo resto do ano.

Na semana passada, minha mãe obrigou meu pai a fazer dieta, e desde então ele vem assaltando a geladeira à noite. É muito fácil descobrir os ataques, porque ele sempre esquece de guardar o que sobra.

Infelizmente, eu sempre descubro no café da manhã se ele comeu biscoitos com leite na noite anterior.

Ei, pode me chamar de enjoada! Mas, pessoalmente, prefiro meu cereal sem pedacinhos de leite azedo.

Se a coisa continuar assim, acho que vou precisar conversar com a minha mãe sobre a situação.

Terei de lembrá-la que um casamento se baseia no amor recíproco, no respeito e na confiança, e que ela não se casou com meu pai pela aparência dele.

E delicadamente farei com que ela se lembre do mais importante: ninguém vai se importar com o fato de meu pai ter ganhado uns quilinhos se eu MORRER DE FOME porque toda a comida da casa está ESTRAGADA!

Só estou avisando...!!

Seja como for, neste momento estou me sentindo a pessoa mais HORRÍVEL da face da terra ☹!

Não posso acreditar que estou MENTINDO para os meus amigos dessa maneira!

Bem, posso não estar exatamente mentindo, mas estou OMITINDO coisas importantes que eles deveriam saber.

Eu não contei para a Chloe, para a Zoey e para o Brandon que preciso ajudar na festa do balé no mesmo horário da festa do colégio.

Não contei para a Chloe e para a Zoey que o Brandon espera que eu seja seu par na festa.

E não contei para o Brandon que a Chloe e a Zoey esperam que eu vá com elas à festa fantasiada de saco de lixo.

POR QUÊ?

Porque eu estou me esforçando muito para deixar todo mundo FELIZ.

A última coisa que eu quero no mundo é que a Chloe, a Zoey e o Brandon fiquem chateados comigo por eu não ser uma boa amiga.

Mas, se eu disser a verdade, é bem provável que os três passem a me ODIAR!

A menos que secretamente eu...

NEM PENSAR!!

Isso NUNCA daria certo!!

Além disso, eu NÃO sou uma ratazana perversa e mentirosa, como a MacKenzie!

Ou sou...?!

☹!!

QUINTA-FEIRA, 31 DE OUTUBRO

Certo, este provavelmente será o maior registro já feito em um diário em toda a história da humanidade.

Mas isso porque a noite de hoje foi

INACREDITÁVEL!

Ainda bem que não teremos aula amanhã por causa do conselho de classe. Estou COMPLETAMENTE EXAUSTA e mal tenho forças para escrever aqui!

A festa do balé da Brianna começou às sete da noite no Centro Recreativo.

Para minha sorte, a casa mal-assombrada, que era onde teríamos a nossa Assombração na Recreação, ficava logo ao lado.

Minha mãe me deixou lá quinze minutos mais cedo, para que eu pudesse vestir a fantasia de rato.

A roupa deve ter sido feita para alguém mais alto que eu, porque eu não conseguia alcançar os buracos dos olhos.

O máximo que conseguia fazer era espiar por uma das enormes narinas de rato.

Tudo que eu tinha que fazer era pintar algumas crianças e organizar umas brincadeiras. E então poderia DAR NO PÉ!

A maioria das garotas do balé vestia fantasias de animaizinhos, porque esse era o tema da festa.

A minha irmã, Brianna, era o Coelhinho da Páscoa. Na verdade, um Coelhinho da Páscoa PSICOPATA.

Ela reuniu todas as outras crianças ao redor dela e então gritou a plenos pulmões: "Ei, pessoal! Eu sou o verdadeiro Coelhinho da Páscoa, em carne e osso! Como todas vocês foram boazinhas, gostariam de ganhar um COELHINHO DE CHOCOLATE GIGANTE?!!"

Óbvio que todo mundo ficou superanimado e gritou: "SIIIIIIIIIIIIIIIM!"

Eu NÃO consegui acreditar no que a Brianna disse depois!

Para mim, é evidente que minha irmãzinha tem SÉRIOS problemas!

Ela não fazia a menor ideia de que o sr. Rato era eu, e decidi não contar nada.

Brincar com as crianças e pintar o rostinho delas acabou sendo bem divertido.

Um unicórnio me contou o que queria ganhar de Natal, como se eu fosse o Papai Noel ou algo assim.

E uma bruxinha fofa sussurrou no meu ouvido de rato que, se eu fosse até a casa dela no meio da noite e mordesse os pés do seu irmãozinho, ela não contaria para ninguém!

Só para o caso de eu estar a fim de fazer alguma coisa desse tipo.

E eu fiquei me sentindo muito mal, porque acho que posso ter traumatizado uma gatinha.

Ela apontou para mim e choramingou: "Tô com medo! Esse canguru enorme é fedido e tem olhos dentro do nariz!!"

E eu, tipo: "AMÉM, IRMÃ!!"

Depois que terminei de pintar o rosto das garotinhas, fizemos várias rodadas de dança das cadeiras. Devia estar fazendo uns cinquenta graus dentro daquela fantasia.

Fiquei aliviada quando a sra. Hargrove chamou as meninas para comer pizza e tomar ponche.

Decidi dar uma escapulida e disse à sra. Hargrove que precisava ir ao toalete.

Peguei minha mochila e fui correndo até o banheiro.

Era ótima a sensação de finalmente me livrar daquela fantasia de rato fedida.

Joguei água fria no rosto e nos braços para me refrescar um pouco.

Mas meu coração estava batendo forte por causa do plano que eu estava prestes a pôr em prática.

Em poucos minutos, eu já estava completamente vestida de Julieta.

Coloquei a peruca e apliquei três camadas de gloss Gatynha Beijokera sabor cereja, e então me olhei no espelho.

Levei alguns segundos para me recuperar do choque de ver o que eu vi.

Eu estava irreconhecível!

Coloquei a mochila nas costas e corri pela calçada até chegar à casa mal-assombrada, que ficava no Centro Recreativo.

Depois que eu entrei, fui até o banheiro mais próximo e pendurei minha mochila no gancho da última cabine.

Coloquei minha máscara, voltei para o saguão de entrada e caminhei até a festa.

Apesar de ter acabado de começar, o salão já estava cheio de gente. A decoração e a comida que arrumamos estavam maravilhosas!

E todo o lance da casa mal-assombrada, com móveis antigos, teias de aranha, bruxas, fantasmas e assombrações que saltavam de caixões por todos os lados, ajudava muito a criar um clima legal.

Mesmo vestida de Julieta, eu me sentia a própria Cinderela, porque todos ao redor estavam me olhando.

A maioria das GDPs estava me fuzilando com os olhos e cochichando umas com as outras.

O mais estranho de tudo é que ninguém parecia me reconhecer. E nem precisei me preocupar com a Chloe e a Zoey, porque elas estavam muito concentradas ajudando a Violet a escolher as músicas.

A Violet estava no palco arrasando com ótimas músicas do Justin Bieber. Eu acho que ela estava fantasiada de palhaço maldito ou alguma coisa assim, mas não tenho certeza.

Essa garota é MUITO estranha. Mas no bom sentido.

Eu mal podia esperar para ver o Brandon. Quando finalmente o avistei, não pude fazer nada além de olhar.

MEU DEUS! Ele estava TÃO lindo naquela fantasia. Eu achei que ia desmaiar!

Acho que ele também ficou bastante surpreso com a minha fantasia, porque piscou algumas vezes e depois ficou quieto me observando.

Nós ficamos ali parados durante uma eternidade, só olhando um para o outro.

Acho que ele só teve certeza de que era realmente eu quando eu disse: "Oi, Brandon".

Ele tirou a franja dos olhos, sorriu e me convidou para sentar.

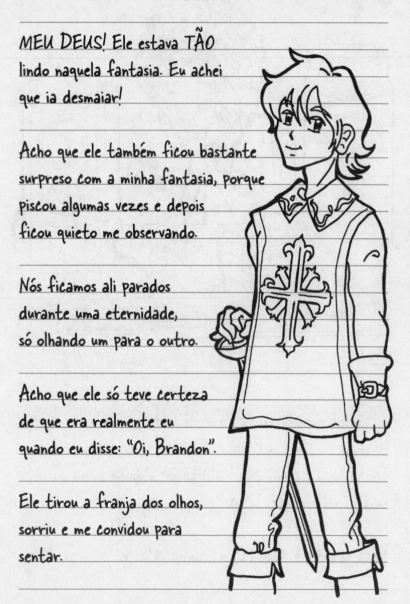

"Uau! Nikki, você está tão... tipo... sua fantasia é muito... legal."

"Valeu, Brandon. E você deu um ótimo moscateiro!"

"Ãã... é 'mosqueteiro'."

"Ah, desculpe! Mosqueteiro."

"Então... você quer dançar?"

"Claro!"

Ainda bem que era uma música rápida.

O Brandon dança muito bem. E ele passou o tempo todo fazendo piadas, o que me fez rir muito.

Estávamos nos divertindo tanto que eu não queria que a música terminasse nunca.

Quando estávamos voltando para nossos lugares, vi a Chloe e a Zoey vindo em nossa direção.

E eu fiquei, tipo: *Ô-ÔU!*

"Brandon, acho que vou ao banheiro e depois vou dar uma conferida em algumas coisas, tudo bem?"

"Claro. Eu espero aqui."

"Quer que eu traga alguma coisa para você? Tipo... uns salgadinhos?"

"Salgadinhos. Humm, parece... interessante!"

"Você vai adorar! Volto num minuto!"

Caminhei até a porta.

Bem na hora certa.

Quando olhei para trás, vi a Chloe e a Zoey conversando com o Brandon. Então ele apontou na minha direção.

Corri pelo saguão de entrada feito louca até chegar ao banheiro.

Bati a porta atrás de mim, tirei o vestido e a peruca em um segundo e coloquei tudo de volta na mochila.

Então vesti a fantasia de saco de lixo e fiz um laço com os fios atrás do pescoço.

Enquanto eu colocava os óculos escuros, a peruca rosa e as luvas de borracha, meus dedos tremiam descontroladamente.

Finalmente.

PRONTA!!

Foi por um triz. Assim que saí da cabine, a Chloe e a Zoey apareceram no banheiro.

"Oi, Nikki! A gente tava procurando você. O Brandon disse que você estava aqui. Isso não é demais?", disse a Chloe, quase sem fôlego.

"Tô tão feliz que a gente seguiu sua ideia de fantasia. Estamos ÓTIMAS!", afirmou a Zoey, enquanto se admirava no espelho.

"Ei, amigas! Tá na hora de levarmos o lixo pra fora!", brinquei.

Demos um rápido abraço coletivo e fomos para a pista de dança.

Todo mundo estava se divertindo. Até os professores.

Evitei a todo custo o lado do salão em que o Brandon estava sentado e torci para que a multidão e as luzes coloridas o impedissem de me ver.

De qualquer forma, mesmo se ele tivesse me enxergado, não me reconheceria. Ele não esperava me ver em uma fantasia bizarra de saco de lixo, e a peruca e os óculos escuros cobriam praticamente meu rosto todo.

A Chloe, a Zoey e eu dançamos como se não houvesse amanhã!

Mas comecei a ficar um pouco preocupada, porque já fazia um bom tempo que eu tinha saído da festa do balé.

"Ãáã, meninas, encontrei o Brandon quase agora e o convenci a experimentar um pouco do ponche e dos salgadinhos deliciosos que a gente arranjou. Ia levar um pouco pra ele, mas lembrei que preciso deixar uns papéis na administração do Centro Recreativo. Será que alguma de vocês poderia levar um pouco de ponche e um prato de salgadinhos para ele, e avisar que eu precisei resolver umas coisinhas?"

"Claro!", a Chloe respondeu e foi até a mesa das comidas.

"Ei! Eu vou com você!", a Zoey falou, me seguindo pelo salão.

Comecei a entrar em pânico.

"NÃO!! Zoey, você não pode!", retruquei, quase gritando.

Ela parou e ficou me olhando, tentando entender por que eu estava agindo feito louca daquele jeito.

Forcei um sorriso e tentei me recompor.

"Só queria lembrar que... humm.... você NÃO PODE perder um segundinho dessa festa maravilhosa! Volto em um minuto, tá?"

A Zoey encolheu os ombros e sorriu. "Tá bom!"

Assim que ela sumiu de vista, entrei de novo no banheiro.

Fui até a última cabine, coloquei mais uma vez a fantasia fedorenta de rato e voltei para a festa do balé.

Eu estava superpreocupada, porque a minha "ida ao toalete" tinha sido beeeem demorada.

Mas a sincronia foi perfeita, porque cheguei no momento em que as garotinhas estavam terminando a sobremesa. Eram duas receitas feitas especialmente para a data: sorvete do caldeirão da bruxa e bolinho de chocolate com vermes-cheios-de-lama.

"Ah, aí está você!"

A sra. Hargrove chegou mais perto e tentou me ver pelas narinas do rato.

"Acho que já podemos começar outra brincadeira", disse ela.

Eu concordei com o polegar.

Mas, no fundo, pensei: *AFFF!*

Brincamos de adoleta e telefone sem fio, e as crianças adoraram!

Logo em seguida, um funcionário do Centro apareceu e levou as crianças para visitar o minizoológico.

Como elas ficariam ocupadas por meia hora, comentei com a sra. Hargrove que estava muito quente dentro da fantasia e que eu a tiraria para me refrescar um pouco.

Peguei minha mochila, fui voando até o banheiro e me fantasiei de Julieta mais uma vez.

Em menos de três minutos, eu estava sentada ao lado do Brandon na festa de Halloween.

"Ei, você voltou!" O sorriso dele seria suficiente para iluminar todo o salão.

"Desculpe. Eu tinha umas coisinhas da festa para ajeitar. Eu devo ser, tipo, a pior companhia do mundo!"

"Não, sério, não tem problema. Eu achei mesmo que você estaria superocupada a noite toda."

"Obrigada por ser tão compreensivo."

Então, nós dois ficamos em silêncio, e eu fiquei olhando para ele com um sorriso estúpido no rosto.

Comecei a sentir um frio na barriga.

Foi quando decidi dizer alguma coisa descolada e inteligente.

"Entãããããão... o que você achou dos salgadinhos?"

"Eles são mesmo muito bons."

"Eu sabia que você ia gostar!"

"Ah, eu fiquei de avisar a Chloe e a Zoey quando você voltasse. Acho que vou mandar um torpedo pra elas."

"Humm, sabe de uma coisa? Eu tô morrendo de fome! Acho que vou até ali pegar mais uns salgadinhos pra gente, tá? Já volto!"

"Ei, espera! Eu vou com..."

Mas eu desapareci antes que ele tivesse tempo de completar a frase.

Quando cheguei à entrada do salão, vi que a Chloe e a Zoey já estavam na mesa do Brandon.

Fui até a cabine do banheiro trocar de roupa mais uma vez.

Ok. Saco de lixo, luvas de borracha, óculos escuros e... cabeça de rato!

OPA! Festa errada!

O que eu precisava era da peruca rosa.

Tentei me acalmar.

Mas, como eu sabia que a Chloe e a Zoey poderiam entrar no banheiro a qualquer momento, meus nervos estavam à flor da pele.

Eu já estava pegando alguns salgadinhos na mesa de comidas, vestida novamente de saco de lixo, quando a Chloe e a Zoey apareceram.

"Oi, Nikki! Aí está você!"

"O Brandon disse que você tinha vindo buscar mais salgadinhos."

"Sim! Eles estão uma delícia!!", eu disse. "Então, onde é que vocês querem sentar?"

"O Brandon disse que a gente podia sentar com ele. Tem um monte de lugar na mesa dele."

"SENTAR COM ELE?!", eu engasguei. "Claro. Ã̃ãã... vão indo na frente. Tenho que ir... ã̃ãã... ao banheiro. Encontro vocês duas lá, tá bom?"

De repente, eu me lembrei dos salgadinhos do Brandon. Não podia deixá-lo me ver com a fantasia de saco de lixo, então pedi ajuda à Chloe e à Zoey.

Daí, eu saí correndo o mais rápido que pude.

ARGH! Não tinha COMO eu me sentar com os três ao mesmo tempo.

O que eu poderia fazer?!

Mas o pior de tudo é que eu só tinha dois minutos para voltar à festa das crianças.

Entrei na cabine do banheiro, coloquei de novo a fantasia de rato e voei de volta para lá.

O funcionário do Centro estava terminando a visita bem na hora em que cheguei.

A sra. Hargrove me entregou uma caixa cheia de doces e me encarou através das narinas do rato. "Assim que você distribuir estes doces para as garotas, está liberada", ela disse sorrindo.

E eu, tipo: *YES!!*

Mal podia acreditar que meu plano maluco estava mesmo funcionando.

Como a festa do balé estava chegando ao fim, os pais começaram a se reunir na porta de entrada para pegar suas filhas.

Decidi encerrar a festa de modo cinematográfico.

"Bem, crianças, até mais! Espero que tenham apreciado a companhia do sr. Rato! Agora, preciso ir à Disney visitar meu primo Mickey! Até mais!"

Todas as crianças acenaram para mim, e algumas até ficaram um pouco tristes por me ver partir.

Só mais uns minutinhos e toda essa história de rato fedido seria parte do passado.

Eu estava me dirigindo para a porta dos fundos quando a Brianna gritou: "Ei, sr. Rato, espere! Posso ir com você?"

"É! Eu também quero ir junto!", pediu a garotinha que tentou me convencer a ir até sua casa roer os dedos do seu irmãozinho.

Logo, todas as crianças estavam amontoadas ao meu redor implorando para ir comigo.

"Eu sinto muito. Quem sabe da próxima vez?"

Dei meia-volta para sair, mas logo percebi que havia algumas complicações — graças à minha querida irmãzinha,

Brianna. Eu não podia acreditar que aquilo estava acontecendo comigo!

"Não vou soltar seu rabo até você prometer que vai levar a gente junto!", gritou a Brianna.

Eu tinha que pensar rápido!

A fantasia de rato estava começando a me dar um pouco de coceira, e a Brianna não soltava meu rabo de jeito nenhum.

Eu tinha certeza de que o Brandon, a Chloe e a Zoey já estavam ficando preocupados comigo.

"Tá bom, tenho uma ideia. Todas vocês, fechem os olhos e façam um pedido. Então, contem até dez. E, quando abrirem os olhos, vocês terão um lindo desejo para levar para casa! Certo?"

Todas as meninas pularam e gritaram ao mesmo tempo: "ÉÉÉÉÉÉÉÉÉÉÉÉ!!"

"Ei, sr. Rato! Eu vou desejar ir à Disney com você para visitar seu primo Mickey", comentou a Brianna, teimosa.

E eu, tipo: "Shhhhhh! Brianna, vê se supera isso, tá?!"

"Agora, vamos todos fechar os olhos e começar a contar. Um, dois..."

Todas as garotas fecharam os olhos e contaram comigo.

"Três, quatro..."

Peguei minha mochila e coloquei nas costas.

"Cinco, seis..."

Abri a porta dos fundos...

"Sete, oito..." E corri o mais rápido que pude!

E não parei de correr até chegar sã e salva à festa de Halloween.

Eu me senti muito culpada por fugir da festa das crianças daquele jeito, mas não tive escolha.

Embora minha intenção fosse a melhor possível, toda aquela correria e as mentiras que tive de inventar me deixaram exausta.

A festa acabaria em duas horas, e eu pretendia aproveitar cada minuto.

Foi quando decidi abandonar as fantasias e simplesmente me divertir com a Chloe, a Zoey e o Brandon vestida de... EU MESMA!

Tudo que eu precisava fazer era me livrar daquela fantasia de rato e vestir minha blusa e minha calça jeans favoritas.

Mas, assim que entrei no banheiro feminino, percebi que havia um grande obstáculo no meu caminho.

MACKENZIE HOLLISTER!

Ela estava parada em frente ao espelho com uma fantasia superchique de vampira, passando uma camada bem grossa de gloss vermelho berrante aterrorizante.

Eu achei que ia ter um ataque cardíaco ali mesmo.

Mas, acima de tudo, fiquei surpresa e chocada com a cara de pau dela. Como é que ela tinha coragem de aparecer na festa depois de ter se esforçado tanto para nos sabotar?

Para conseguir o que queria, a MacKenzie era capaz de fazer qualquer coisa a qualquer pessoa.

E eu tinha certeza de que ela faria tudo que estivesse ao seu alcance para ARRUINAR a minha noite.

Eu precisava trocar de roupa urgentemente, e aquele era o único banheiro feminino do prédio.

Então, decidi me fazer de desentendida e fingir que só precisava usar o banheiro.

Rezei para que ela não reconhecesse a minha fantasia — ou melhor, a fantasia DELA, já que foi ela que comprou.

Eu tinha acabado de colocar a mão na maçaneta da cabine quando a MacKenzie se virou de repente e ficou me encarando.

Congelei na hora. Então, fingindo não ser eu, fiz um sinal com a cabeça e acenei para ela.

Ela retorceu os lábios carnudos e espremeu os olhos.

Comecei a suar frio.

"EEEECAAAAA! Que cheiro horrível é esse?!"

Não ousei dizer uma única palavra. Fiquei com medo de que ela reconhecesse minha voz.

Então, apenas cheirei minhas axilas e abanei freneticamente embaixo de cada uma.

Depois, relaxei os braços e dei de ombros, como se estivesse dizendo: "Sinto muito por isso!"

Ela revirou os olhos, ficou novamente de frente para o espelho e continuou passando gloss.

GRAÇAS A DEUS! Eu não tinha certeza se a minha encenação tinha deixado a MacKenzie completamente entediada ou morrendo de nojo. Mas fiquei muito feliz por ter dado certo!

Entrei rapidamente na cabine, larguei a mochila no chão, bati a porta, tranquei e me apoiei aliviada contra a parede.

UFA! Essa foi por pouco.

Embora, devo admitir, tenha achado um pouco intrigante o fato de a MacKenzie não ter reconhecido o cheiro asqueroso daquela fantasia encardida.

Tirei a cabeça de rato e a soltei no chão. Mal podia esperar para tirar aquela fantasia áspera e abafada e, mais tarde, levá-la para casa e queimá-la na lareira.

Vestir meu tênis, minha blusa e meu jeans confortável seria como estar no paraíso.

De repente, ouvi passos apressados se aproximando da cabine.

Antes que eu me desse conta do que estava acontecendo, unhas bem lixadas e cintilantes, pintadas com esmalte vermelho fogo de vingança, apareceram por baixo da porta e agarraram minha mochila.

Apavorada, tentei com todas as forças pegar uma das alças. Mas acho que acabei pisando naquela cabeça de rato idiota.

Escorreguei, perdi o equilíbrio, caí para trás e dei com a nuca na parede do banheiro.

"AAAAAAAAAAIIIIIIIIIIIII!!!!!", gemi. Olhei para o teto e vi que ele girava como um carrossel. Fechei os olhos.

Eu me recompus e massageei a nuca. A dor começou a diminuir e, por sorte, não fiquei com nenhum galo.

Fiquei de pé novamente e, meio desajeitada, abri a porta e espiei lá fora.

Como eu temia, a mochila com todas as minhas roupas e pertences havia desaparecido.

Assim como a MacKenzie.

Eu tinha certeza de que ela não estava longe. E que, se eu me apressasse até o corredor, talvez a alcançasse.

Mas fiquei um pouco preocupada porque, se eu atacasse uma colega numa festa do colégio, poderiam colocar isso no meu histórico escolar. E isso poderia dificultar a minha vida quando eu quisesse entrar em uma boa universidade.

Ei, cuidado nunca é demais. Ouvi dizer que algumas universidades prestam muita atenção nesse tipo de coisa.

NÃO DAVA para acreditar que aquilo estava acontecendo comigo. Eu me sentia tão frustrada que tinha vontade de gritar, mas não fiz isso.

A MacKenzie havia acabado de roubar as minhas roupas e eu estava presa em uma cabine de banheiro, vestindo uma fantasia fedorenta de rato na festa de Halloween para a qual o garoto por quem eu era secretamente apaixonada, o Brandon, tinha FINALMENTE me convidado.

E eu, tipo: *POR FAVOR, POR FAVOR, POR FAVOR*, me digam que isso tudo é só um pesadelo. Eu queria acordar na minha caminha confortável, com meu pijama favorito, e pensar: *UAU! ESSE foi o pesadelo mais estranho DA HISTÓRIA!*

Só que eu não acordei. O que significava que aquilo tudo era real ☹!

Então, como qualquer garota normal faria se estivesse na minha situação, tive um ataque de pânico imenso ali mesmo. Meu estômago ficou embrulhado e meus joelhos ficaram fracos.

Não conseguia parar de pensar que teria sido ótimo se, em vez de comprar aquele vestido estúpido para a festa da MacKenzie, eu tivesse torrado meu dinheiro em um celular novo. Daí, poderia ligar para a minha mãe e pedir para ela me trazer uma roupa.

Finalmente, fechei os olhos e respirei bem fundo três vezes. Precisava muito disso.

Então, sentei na privada e foquei toda a minha atenção para encontrar uma forma de resolver meu problema.

O meu problema, no caso, é que eu precisava muito, muito recuperar a mochila que a MacKenzie havia roubado.

E eu tinha duas opções.

Podia entrar na festa só de calcinha e sutiã. Ou podia ir fantasiada de rato.

Era, de fato, uma decisão muito difícil.

Mas decidi ir com a fantasia de rato, principalmente porque ela tinha uma grande vantagem.

Quando todos os alunos testemunhassem um rato fedorento e esfarrapado...

1. PERSEGUIR A MACKENZIE...

2. ARRANCAR A MOCHILA DAS MÃOS DELA...

3. E DEPOIS APERTAR O PESCOÇO DELA ATÉ A GAROTA FICAR AZUL E DESMAIAR...

ELES NEM IMAGINARIAM QUE ERA EU. ☺!!

Então, coloquei de volta a cabeça de rato e corri até o salão.

Assim que entrei ali, dois estudantes da sétima série com fantasias de Star Trek apontaram para mim e ficaram com falta de ar.

"E-CA! Que cheiro é ESSE?!"

"Sei lá, cara! Mas, seja lá o que for, acaba de queimar os pelinhos do meu nariz."

Apenas acenei para eles de maneira amistosa.

Eu me espremi na multidão e encontrei um espaço junto à parede. Dali, fiquei observando atentamente o salão todo para ver se avistava a MacKenzie ou a minha bolsa.

Eu deveria saber exatamente onde ela estava!

Sentada ao lado do Brandon, enrolando as pontas do cabelo e tentando flertar com ele. E ele parecia superentediado, se esforçando ao máximo para ignorá-la. Enquanto isso, ele provavelmente estava imaginando onde DIABOS eu tinha me metido.

Coitadinho!

ALELUIA! Avistei minha bolsa em uma cadeira vazia, ao lado da MacKenzie!

Sorrateiramente, eu me dirigi até a mesa onde eles estavam. E, num momento de distração de todos, me escondi embaixo dela.

Foi supernojento engatinhar ali embaixo, mas eu estava muito, muito desesperada para recuperar minha mochila. A MacKenzie estava tão distraída com o Brandon que a operação foi como tirar doce de criança. Acho que ela não teria percebido nem se eu roubasse seu vestido.

Eu fiquei superFELIZ por ter recuperado minha bolsa!

Em poucos minutos, eu estaria sentada ao lado do Brandon, fitando seus olhos sonhadores e me divertindo com a Chloe e a Zoey.

Ou talvez NÃO!

Ao me aproximar da porta, notei que alguma coisa estava acontecendo.

A maioria dos alunos havia se juntado em um semicírculo e olhava fixamente para alguma coisa. Eu não tinha ideia do que podia ser.

Todos estavam rindo e apontando, e logo em seguida a música parou e as luzes se acenderam.

Como eu era a coordenadora da festa e era minha responsabilidade descobrir o que estava acontecendo, abri caminho entre o aglomerado de gente e dei uma espiada.

E me arrependi NA HORA.

"Ei, pessoal! Ali está o sr. Rato! A gente encontrou ele!", a Brianna gritou animada, enquanto apontava para mim.

Em poucos segundos, todas as alunas do balé me cercaram e começaram a me abraçar.

Eu tive um ataque cardíaco ali mesmo!

NÃO DAVA para acreditar que aquelas pestinhas tinham me seguido até a festa.

O diretor Winston e alguns outros adultos estavam ali perto e pareciam bem preocupados.

Tenho certeza que tentavam entender de onde aquelas crianças tinham surgido e o que estavam fazendo na festa.

Caminhei até o diretor e olhei para ele pela minha narina esquerda.

"Ãã, diretor Winston, sei que o senhor deve estar tentando entender o que tá acontecendo aqui. Eu posso explicar cada..."

Mas isso foi tudo que consegui falar, porque naquele momento a sra. Hargrove, meus pais e os pais das outras garotinhas entraram correndo na festa.

E eles NÃO estavam contentes.

O lugar ficou muito barulhento e uma confusão começou a se formar, porque os pais das garotas estavam bem preocupados e queriam saber por que o diretor havia deixado crianças de 6 anos entrarem na festa.

E, obviamente, o diretor estava preocupado e queria saber por que os pais tinham deixado suas filhas de 6 anos entrarem na festa.

Finalmente, o diretor pediu à Violet que lhe passasse o microfone.

"Ok, todos vocês, por favor se acalmem. Parece que todas as crianças já estão seguras e sob controle. Mas alguém poderia me explicar o que está acontecendo aqui?"

Foi quando a MacKenzie levantou a mão.

O diretor a chamou e lhe entregou o microfone. Mas, antes de começar a falar, ela passou mais uma camada de gloss.

MEU DEUS! Essa menina é TÃO fútil!

"Olá, pessoal. Eu sei o que aconteceu e, pessoalmente, acredito que seja meu dever garantir que todos saibam a verdade..."

No fundo, eu me senti aliviada pelo fato de que a MacKenzie explicaria tudo, porque daí eu não teria que fazer isso.

"É tudo culpa DELA! Do RATO! Bem ali!", a MacKenzie rosnou, apontando para mim.

Imediatamente, todas as pessoas que estavam no salão se viraram e olharam para mim. Eu fiquei SUPERenvergonhada, mas pelo menos ninguém sabia quem eu era.

Nunca pensei que me sentiria feliz por usar aquela cabeça de rato.

Foi quando a MacKenzie se aproximou e arrancou a cabeça.

"A culpa é da NIKKI MAXWELL! Acho que ela nos deve uma explicação por ter colocado em risco a vida dessas pobres e inocentes criancinhas, além de ter ARRUINADO nossa festa de Halloween!"

Eu me senti tão HUMILHADA que quis MORRER! Além disso, acho que eu estava superdescabelada.

Então, a MacKenzie jogou o microfone na minha mão e rebolou até onde o diretor estava. Ali ela cruzou os braços e ficou me olhando com um sorrisinho diabólico.

Eu não sabia o que dizer nem por onde começar.

O fato de a Chloe, a Zoey e o Brandon terem se posicionado à frente de todo mundo também não ajudou muito.

Eles estavam a poucos metros de mim, parecendo totalmente confusos e cochichando entre si.

Olhei para o chão e suspirei. O salão estava tão silencioso que daria para ouvir uma agulha caindo.

O diretor Winston pigarreou e disse: "Bem, srta. Maxwell, estamos esperando..."

"Ãã̃ã̃... a verdade é que eu tinha aceitado ajudar na festa do balé ANTES de ser escolhida coordenadora da festa de Halloween da Westchester. Só estava tentando tomar conta das duas ao mesmo tempo. O que, pensando agora, pode não ter sido uma boa ideia. Enfim, o que aconteceu é que as garotas me seguiram até aqui. Sinto muito, muito mesmo, por ter estragado tudo dessa maneira...!"

Quando olhei em volta, vi que todo mundo estava me encarando — o diretor, os alunos do colégio, os professores, os pais, as garotinhas do balé e até mesmo a minha família.

Eu me senti HORRÍVEL por ter arruinado a noite de TODAS aquelas pessoas!!!

Devolvi o microfone para o diretor e saí correndo da festa.

Eu não sabia para onde estava indo, mas precisava dar o fora dali.

A Chloe e a Zoey me alcançaram quando eu estava quase saindo.

"Espera, Nikki! O que está acontecendo?!", a Chloe perguntou.

"É! O que você está fazendo com essa roupa de rato? E onde está a sua fantasia de saco de lixo?!", a Zoey completou.

Antes que eu tivesse tempo de responder, o Brandon apareceu.

"Eu estava me perguntando por onde você andava. Por que você tirou a fantasia de Julieta?"

A Chloe e a Zoey se viraram para o Brandon e depois me encararam, exigindo uma explicação.

"Fantasia de Julieta?! Que fantasia de Julieta? Você estava com uma fantasia de Julieta?!", a Chloe disparou.

"Mas onde está sua fantasia de saco de lixo?!", perguntou a Zoey, ainda confusa.

Fiquei olhando para o chão e não disse uma única palavra.

"Espere um pouco", a Chloe resmungou, cruzando os braços. "Você passou a noite toda correndo de um lado para o outro com três fantasias diferentes?! Por que você estava tentando enganar a gente?"

"Se você não queria passar a noite com a gente, poderia simplesmente ter dito isso", comentou a Zoey. Dava para ver que ela estava muito magoada.

O Brandon deve ter ficado com pena de mim ou alguma coisa do tipo, porque resolveu me defender. "É tudo culpa minha. Eu convidei a Nikki para vir à festa comigo. Eu não sabia que ela tinha combinado de vir com vocês."

A Chloe e a Zoey, chocadas, se viraram para mim e gritaram ao mesmo tempo: "O BRANDON CONVIDOU VOCÊ PARA VIR À FESTA COM ELE?!!!"

NÃO DAVA para acreditar na confusão em que eu havia me metido. "Escutem", murmurei, "tudo que posso dizer é que eu sinto muito. Muito, muito mesmo!"

Olhei para a Chloe e a Zoey. "Não tive coragem de contar para vocês que o Brandon tinha me convidado, depois do que aconteceu com o Jason e o Ryan. Eu sabia como a festa era importante para vocês. Queria MUITO estar ao lado de vocês duas..."

Então me virei para o Brandon. "Acho que eu deveria ter dito a você que não podia ser sua acompanhante porque estaria muito ocupada. Planejava ajudar na festa das crianças E passar um tempo com a Chloe e a Zoey. Mas eu achei que podia tentar fazer TUDO ao mesmo tempo. Agora eu percebo que não tive muita consideração por você."

A Chloe, a Zoey e o Brandon continuaram me encarando sem dizer uma única palavra.

Eu não os culpei por estarem bravos comigo. Eu estava brava comigo.

Eu era a pior amiga DE TODAS!

Com lágrimas escorrendo pelo rosto, eu me virei e saí correndo pela porta.

Assim que deixei a casa, a primeira coisa que fiz foi atirar a cabeça de rato em uns arbustos.

Como eu ODIAVA aquele treco!

Encontrei um banco vazio a uns trinta metros dali e me joguei nele, completamente desesperada.

Fiquei olhando a lua cheia.

Tirando o barulho dos animais do minizoológico e das folhas balançando ao vento, era uma noite bem silenciosa.

Mesmo me sentindo péssima por dentro, era boa a sensação de estar ali, sentindo a brisa.

Parecia que, não importava quanto eu me esforçasse, no fim das contas sempre acabaria sendo um completo desastre.

Eu era uma TREMENDA fracassada ☹!

Funguei e enxuguei as lágrimas.

"Posso sentar?"

Achei que eu estivesse sozinha, então tomei um susto ao ouvir isso.

Fiquei surpresa ao ver o Brandon de pé ali perto. Ele sentou no banco ao meu lado.

"Só precisava de um pouco de ar", comentei, tentando fingir que não havia chorado. "Sinto muito MESMO por ter estragado tudo..."

"O quê? Você não estragou nada."

"Ah, claro! Só o nosso encontro. E a festa de Halloween. E a festa das crianças do balé..."

"Na verdade, sair com você hoje foi... bem, acho que 'cheio de emoções' seria uma boa maneira de explicar."

"Claro, tão emocionante quanto descobrir que você tem uma cárie."

"Relaxa. Nós nem TERÍAMOS uma festa se você não tivesse decidido organizar tudo, não é?"

"É, acho que sim."

"E aquelas garotinhas gostaram tanto de você que a perseguiram até o salão."

"É, é uma maneira de encarar as coisas..."

"De qualquer forma, vim até aqui porque tenho um recado muito importante para você."

Como se eu precisasse de mais notícias ruins. Já tinha arruinado duas festas em uma única noite.

Senti um nó enorme na garganta e achei que ia começar a chorar de novo.

"É, eu já estava esperando por isso. É uma mensagem do diretor Winston?", perguntei.

"Não."

"Dos meus pais? Devo estar de castigo até fazer 18 anos."

"Não. De um amigo."

"Ainda tenho amigos? Depois de tudo que aconteceu, tenho certeza que a Chloe e a Zoey não vão nem querer ser vistas comigo." Respirei fundo e enxuguei uma lágrima.

"É um recado de um amigo muito especial. Ele está aqui, esperando para falar com você."

"Onde?" Dei uma olhada em volta, tentando enxergar alguma coisa em meio à escuridão. "Não tô vendo ninguém."

"Feche os olhos e eu peço para ele aparecer."

"O quê?!"

"Vai! Apenas feche os olhos. Ele é um pouco tímido."

Fechei os olhos.

"Ei, não vale espiar!"

"NÃO tô espiando!" Parei de espiar.

"Tá bom, já pode abrir."

Eu abri os olhos e não consegui segurar as gargalhadas.

Então ele fez uma imitação péssima do Mickey Mouse, com uma voz aguda superbobinha. "Com licença, estou procurando uma ratinha que é minha amiga. Você viu se ela passou por aqui?" Nem ele conseguiu não rir daquela piada boba.

Entrei na brincadeira.

"Não, não vi. Sinto muito."

"Bem, eu gosto muito dela. Ela é legal. E eu queria passar mais tempo com ela. Você pode dizer isso a ela? Se a encontrar por aí?"

"Claro!", respondi, sem conseguir controlar o riso. "Se ela passar por aqui, pode deixar que eu aviso."

"Obrigado."

"Não por isso!"

Nós dois rimos até cansar.

O Brandon tem um senso de humor bem doido. E ele não deixa que nada o perturbe.

Eu admiro muito isso nele.

Ele tirou a cabeça de rato e a entregou para mim.

"Acho que isso é seu."

"Infelizmente é." Peguei a cabeça e a coloquei embaixo do braço.

"Posso fazer uma pergunta bem pessoal?", ele disse.

De repente, o humor do Brandon pareceu mudar, e ele me olhou supersério.

Hesitei por um momento. Não tinha a menor ideia do que ele iria perguntar.

"Pode. Claro."

"POR QUE esse negócio cheira tão mal? ECAAA!" Ele torceu o nariz e espremeu os olhos, como se estivesse sofrendo por causa do cheiro.

Caímos na gargalhada de novo.

O Brandon e eu caminhamos de volta até a casa mal-
-assombrada, e a Chloe e a Zoey nos encontraram em frente à porta.

As duas pareciam um pouco chateadas, e eu sabia que elas iam me dar uma bronca. Eu merecia.

"Nikki, por que você não disse para a gente que o Brandon convidou você para a festa?", a Chloe perguntou.

"É. A gente poderia ter ajudado com a história do balé, e você poderia ter passado o tempo todo na festa", completou a Zoey.

"Nós somos suas melhores amigas. Não acredito que você não deixou a gente ajudar", comentou a Chloe, com um olhar triste.

Senti um nó na garganta e tive vontade de chorar mais uma vez. Não dava para acreditar que elas estavam chateadas porque eu não havia deixado que me ajudassem.

"Vocês têm razão. Eu devia ter contado. Mas não queria que vocês se preocupassem com os meus problemas."

"Nikki, você tá maluca?! Essa é a coisa MAIS IMBECIL que eu já ouvi você dizer!"

"É! Você deve estar com falta de oxigênio no cérebro ou alguma coisa assim por ter usado aquela cabeça de rato, porque você parece uma DOIDA falando!", acrescentou a Zoey.

NÃO DAVA para acreditar que elas tinham dito aquilo. A Chloe e a Zoey são as melhores amigas DO MUNDO!!

As duas se aproximaram e me deram um abraço apertado.

"Nós desculpamos você. Mas, se ALGUM DIA você fizer algo assim de novo, nós vamos obrigá-la a ouvir um CD da Jessica Simpson", a Chloe ameaçou.

"Por duas horas seguidas!", completou a Zoey.

"Acho que a punição é um pouco exagerada. Mas prometo que nunca mais vou fazer isso", respondi rindo.

"Aliás, aquelas garotinhas AMARAM você!", a Chloe falou, empolgada. "Elas disseram que querem o sr. Rato na festa do próximo ano!"

"E adivinha só! A Chloe teve uma ideia incrível para fazer com que elas se lembrem de você", a Zoey disse, animada.

"Na verdade, tirei a ideia de um livro novo, *A vida secreta de uma adolescente que organiza festas*", explicou a Chloe, "mas vou precisar da ajuda da Zoey e do Brandon."

Também achei a ideia superfofa e criativa. Precisamos de muita paciência, mas o Brandon conseguiu tirar uma foto excelente com o BlackBerry da Chloe. Enquanto isso, a Zoey falou com a família de cada uma das alunas do balé para pegar seus e-mails.

Então, graças aos dedos ultravelozes da Chloe, quando cada uma das crianças chegasse em casa, encontraria uma boa surpresa na caixa de e-mail.

Tenho certeza de que as garotas amaram.

O Brandon é um fotógrafo INCRÍVEL ☺!

Mesmo que, oficialmente, ainda faltassem 92 minutos para o fim da festa, todos suspeitavam que ela já havia acabado.

Estávamos esperando apenas um pronunciamento oficial.

O diretor se reuniu com os professores por alguns minutos e então cochichou algo no ouvido da Violet.

Ela fez um gesto concordando com o que o diretor havia dito e pegou o microfone. "Um momento de atenção, por favor. Tenho um anúncio a fazer em nome do diretor. Ele disse que está ciente de que nossa festa ainda não chegou ao fim. No entanto, me pediu para informar que, em virtude da interrupção inesperada, nós precisamos imediatamente...

RECOMEÇAR A FEES-TAA!!!"

A segunda metade da festa de Halloween foi ainda mais divertida que a primeira.

Quase surtei quando a MacKenzie veio me dizer que a festa estava um arraso. Ela disse que eu tinha feito um ótimo trabalho como coordenadora. Obviamente, ela assumiu parte dos créditos pelo sucesso e insistiu para que eu a agradecesse em público, porque nada disso teria acontecido se ela não tivesse desistido do cargo de coordenadora.

Às vezes, eu fico pensando se o fato de ela ser viciada em gloss não está prejudicando seu funcionamento cerebral. Sério, essa garota é inacreditavelmente FÚTIL!

Então, quando eu perguntei se ela estava acompanhada na festa, ela inventou uma grande MENTIRA.

Começou a dizer que seu acompanhante era o vocalista da banda que tocaria logo em seguida. E, como ele estaria ocupado a noite toda, ela passaria a festa com sua melhor amiga, a Jessica. Que, coincidentemente, TAMBÉM estava saindo com um cara da banda.

Fiquei chocada ao perceber que duas GDPs de grande reputação, a Jessica e a MacKenzie, estavam usando o velho truque "Estou com um dos caras da banda!".

Quão patético era ISSO?!

De qualquer forma, o Theodore L. Swagmire III, que era o vocalista, ficou MUITO feliz ao saber disso. Principalmente porque ele queria convidar a MacKenzie para a festa, mas tinha certeza de que ela diria não.

Quando o Brandon me convidou para dançar uma música lenta, eu achei que ia MORRER!

Foi TÃO romântico!!

MEU DEUS! Fiquei com um frio tão grande na barriga que quase pensei em arrancar a bolsa de seiscentos dólares Dolce & Gabbana da MacKenzie e usar como saco de vômito.

Mas o mais surpreendente da noite foi que eu e o Brandon fomos eleitos o casal mais fofo da festa... pelas minhas melhores amigas, a Chloe e a Zoey!

O que foi meio estranho, porque na verdade eu e o Brandon somos apenas amigos e ainda estamos nos conhecendo melhor.

Por enquanto, não somos um casal "DE VERDADE".

Pelo menos eu acho que não.

A não ser que ELE pense que sim e eu não saiba de nada.

Mas tenho quase certeza de que ele NÃO PENSA isso.

A não ser que eu esteja ENGANADA!

MEU DEUS!! E se eu estiver CERTA?

E se ele gosta mesmo de mim e acha que a gente é um casal?

E o único detalhe é que eu AINDA não sei?

Espere um pouquinho...

Eu seria a PRIMEIRA pessoa a saber!

Não?

DÃ...!!

EU SOU MUITO TONTA ☺!!

Rachel Renée Russell é uma advogada que prefere escrever livros infantojuvenis a documentos legais (principalmente porque livros são muito mais divertidos, e pijama e pantufas não são permitidos no tribunal).

Ela criou duas filhas e sobreviveu para contar a experiência. Sua lista de hobbies inclui o cultivo de flores roxas e algumas atividades completamente inúteis (como fazer um micro-ondas com palitos de sorvete, cola e glitter). Rachel vive no estado da Virgínia, nos Estados Unidos, com um cachorro da raça yorkie que a assusta diariamente ao subir no rack do computador e jogar bichos de pelúcia nela enquanto ela escreve. E, sim, a Rachel se considera muito tonta.